한강,———
소년이 온다
깊게
읽기

한강,⎯⎯⎯
소년이 온다
깊게
읽기

박숙자, 정미숙, 정현주 지음

더스토리

차례

5월, 피지 못한 아이들을 위한
영혼의 진혼곡

"시민 여러분 우리를 잊지 말아 주십시오."

5·18광주민주화운동이 일어난 지 44년이 넘는 세월 동안 임철우의 『봄날』(1997~1998), 정찬의 『길, 저쪽』(2015) 등 수많은 소설과 '꽃잎', '화려한 휴가', '택시운전사' 등 여러 영화가 제작되었다. 또한 음악, 뮤지컬, 연극, 회화와 같은 공연 예술 장르에서도 다수의 작품이 창작될 만큼 5·18광주민주화운동은 우리 현대사에 결코 잊을 수 없는 상처를 남겼다. 이러한 집단 상흔 속에서도 5·18광주민주화운동에 대한 왜곡이 날로 확산되어 가고 있으니, 이런 개탄스러운 현실에 대항하여 5·18의 진실을 알리고자 하는 지식인이 일어났다. 이 중 대표적인 소설가가 한강이다.

5·18광주민주화운동의 잘못된 해석과 폄훼의 흐름 앞에서 광주에 대한 진실된 기억을 되살리는 한강의 『소년이 온다』는 비교적 잘 알려진 역사적 사실보다는 그 시공간 속에 있었던 사람들이 겪은 육체적·정신적 고통과 치욕, 그리고 이들의 행동을 추동한 원한의 감정에 주목한다.

작가 한강은 『채식주의자』(2007)로 2016년 맨부커 인터내셔널상을 수상하면서 세계적으로 주목받기 시작했다. 그런데 시상식 참석차 출국하기 직전에 한 인터뷰에서 한강은 자신에게 세계적인 명성을 안겨준 이 작품보다 1980년 광주 항쟁을 다룬 『소년이 온다』(2014)가 더 많이 읽히길 소망한다고 밝혔다. 그리고 이런 작가의 바람에 대한 응답인 듯 한강은 바로 『소년이 온다』로 2017년 10월 이탈리아의 권위 있는 문학상 중 하나인 말라파르테 문학상을 수상했다.

5·18광주민주화운동은 발발 당시에는 극소수 불순분자의 폭동(광주사태)으로 오도되었다. 그러다가 제6공화국 출범 이후인 1988년 4월 1일 민주화추진위원회에서 '5·18광주민주화운동'으로 정식 규정되었지만 그 뒤에도 진실은 모두 밝혀지지 않았다. 광주의 비극이 최고 권력자가 자행한 국가 폭력(national violence)이었기 때문이다.

국가 폭력이란 국가 권력을 장악한 집단이 권력 유지의 수단으로 개인과 집단의 생명과 기본권을 위협하며 인권을 유린하는 모든 행위를 가리킨다. 국가 폭력은 권력을 가진 자가 의도적으로 자행하며 수단과 방법이 치명적이고 조직적인 특성이 있다. 대상이 광범위하여 피해자가 수없이 생기지만 권력자나 권력 기관은 그들의 행위를 은폐하기 위해 다양한 방식으로 그 정당성을 포장한다. 우리 현대사에서 국가 폭력은 역대 정권에서 무고한 국민을 대상으로 수없이 가해졌다. 여순사건, 거창양민학살사건, 제주4·3사건, 용산참사를 비롯하여 명칭조차 제대로 부여받지 못한 국가 폭력이 정권 유지를 위해 일어났다.

한강은 『소년이 온다』에서 국가 폭력에 희생된 광주의 '소년'들을 소환한다. 그들은 5·18광주민주화운동의 희생자 중 가장 나이가 어린 세대다. 이 나이 어린 소년들은 왜 5·18광주민주화운동에 참여하게 되었을까? 그들은 어떻게 죽어갔고, 그들을 향해서 총부리를 겨눈 무장한 군인들과 그들에게 발포 명령을 내린 자는 누구인가? 이에 대해 역사는 제대로 응답해야 한다는 당위 의식과 광주에서 행하여진 국가 폭력을 제대로 규명해야 한다는 소명 의식을 갖고 작가 한강은 『소년이 온다』라는 작품을 썼다. 그런데 한강은 '소년'의 행동에 초점을 맞추어서 국가 폭력의 문제를 제기하면서도 서사의 관점에서 이를 다루지 않는다. 그렇다면 우리는 한강의 『소년이 온다』를 어떻게 이해해야 할까? 작가의 숨은 의도를 파악하고 좀 더 내용을 깊게 읽을 좋은 방법이 없을까?

『한강, 소년이 온다 깊게 읽기』는 대한민국 최고의 전문가들이 한강의 소설을 바탕으로 5·18광주민주화운동의 진실과 이 소설의 숨겨진 의미를 이야기한다. 여러 전문가들과 함께 한강의『소년이 온다』에 나오는 비극에 대해 진지하게 고민해 볼 수 있다.

흔히 광주를 다루는 소설은 죽은 자의 훼손된 육체를 묘사하거나 살아남은 자의 고통받는 영혼을 그리거나 광주의 비극을 재현한다. 한강의『소년이 온다』는 이와는 반대로 죽은 자의 고통스러운 영혼의 목소리를 들려주거나, 살아남은 자의 육체적 수치를 '증언 불가능'이라는 장치를 통해 재현함으로써 광주의 참상을 보다 정확히 드러내고자 한다. 나아가『소년이 온다』는 광주를 다루었던 기존의 소설에서 온전한 역할을 부여받지 못했던 어린 소년과 소녀, 여성 노동자의 증언을 들려주려고 노력한다. 광주를 익명의 집단적 비극으로 의미화 및 역사화하려는 일에 저항하며 고통의 개별성에 주목하는 것이『소년의 온다』

의 성과 중 하나다.

기존의 서사들이 실패한 지점을 여러 전문가와 채워 나가며 광주를 현재화하는 일을 『한강, 소년이 온다 깊게 읽기』를 읽으며 시도해 볼 수 있다.

『소년이 온다』는 열흘간의 광주민주화운동 기간 중 초반 3일이 지난 이후의 시간에 집중한다는 점에서 의미가 있다. 광주의 폭력성을 증언하는 것이 이 소설의 목적 중 하나다. 하지만 이 소설은 공수부대의 비인간적 잔인성이나 이러한 폭력성에 무방비로 노출되었던 희생에 초점을 두기보다는, 공수부대의 사격이 개시되어 많은 사상자가 발생하고 시체들이 도청에 옮겨진 이후의 시간에 초점을 둠으로써, '사건' 이후의 시간에 주목한다. 특히 27일 새벽 계엄군이 도청에 들어오기 바로 전날의 상황으로부터 새벽의 참사에 이르는 시간이 이 작품의 뼈대다.

『소년이 온다』는 그때 그곳에서 죽은 15살 동호를 중심으로, 죽지 않고 살아남은 사람들의 이후 삶을 그린다. 어떤 이들은 죽을 것을 알면서도 왜 도청을 떠나지 않았는지, 그곳에서 죽지 않고 살아남은 사람들은 그 이후의 삶을 어떻게 견디며 살았는지 등이 이 소설의 주요한 테마가 된다.

광주의 비극을 다루는 많은 소설이 그때의 참상을 전시적으로 재현함으로써 우리 모두가 광주와 연루되어 있다는 사실을 강조하는 데 주력했다면, 『소년이 온다』는 그때 그곳에 있었던 자들이 왜 '알고도 행한' 것인지, 그리고 그 이후 어떤 치욕을 감내하며 살아야 했는지에 대해 보다 실존적으로 접근하고 있다. 기존과 다른 접근 방식 때문에 『소년이 온다』는 독자가 읽기에 난해할 수도 있다. 독자들은 한강의 소설과 함께 『한강, 소년이 온다 깊게 읽기』를 읽으며 작가가 비극을 재현하는 방법이 무엇인가에 관해 심도 있게 생각할 수 있다. 여러 전문가들의 평가와 책 말미에 시간대별로 자세하게 소개하는 5·18광주민주화운동을 참고하면 『소년이 온다』와 5·18광주민주화운동을 입체적으로 이해할 수 있을 것이다.

　『한강, 소년이 온다 깊게 읽기』를 통해 잊히지 않는 비극 '광주'를 현재화해 보자. 5·18광주민주화운동을 역사적 사건으로 '기억'하면서 현재적 가능성을 '망각'해가는 것이 아니라 광주에 대한 '부인된 애도'를 되살리는 일은 우리에게 의미와 새로운 가능성을 제시한다. 광주의 비극을 지나간 화석으로 치부하지 말고 이를 현재화한다면 지금 이 시간에도 자행되고 있는 국가 권력의 폭력을 체감할 수 있을 테니까.

1장

박숙자

'5·18 이후'의 문학: 고통과 책임

박숙자

서강대학교 전인교육원 교수로, 지은 책으로는
『속물교양의 탄생』(푸른역사, 2012) 『살아남지
못한 자들의 책읽기: 삼중당문고 세대의 독서문
화사』(푸른역사, 2017)가 있고, 논문으로는 「5·
18과 서사: 고통, 신체, 재현」 「87년 체제와 멜
로드라마」 등이 있다.

5·18과 서사

5·18 40주년 시청각 프로젝트 〈둥글고 둥글게〉의 감독 장민승은 '5·18 영화'가 '때 지난 영화'처럼 여겨져 쉽게 잊힌다고 언급하며, 이 작품에서는 최대한 '내러티브를 배제하려고 했다.'고 말했다.[1] 이와 관련하여 구체적으로 언급하지는 않았지만, 내러티브의 특성상 특정 인물과 사건 중심의 재현이 장르의 특성을 나타낼 수 있고, 5·18 내러티브가 유사하게 전유되는 것에 대한 감독의 소감일 수도 있다. 이 짧은 소감이 5·18 내러티브를 엄밀하게 평가하는 발언으로 볼 수는 없지만, 지난 40년 동안 5·18과 관련하여 어떤 내러티브를 어떻게 소비하고 생산했는지, 그리고 5·18을 기억하는 데 적절한 내러티브는 무엇인지 한 번쯤 생각해 볼 필요가 있을 것이다.

---

1. 2021년 7월 27일 한국영상자료원에서 상영된 〈둥글고 둥글게〉(2020) GV 행사에서 나온 언급이다. 이 프로젝트는 원래 공연과 결합된 융합 프로젝트로 기획되었으나 코로나로 인해 영상만 공개되었으며 내러티브가 배제된 상태에서 빛과 소리, 공간감을 통해 관객들이 직접 체험하고 동참하는 방식으로 소개되었다. 이 작품은 1980년대 한국 사회의 면면을 다양한 아카이브의 자료를 통해 보여 주면서 비극적 현대사를 기억하고 애도한다.

(https://www.koreafilm.or.kr/movie/PM_008590)

내러티브(서사)는 이야기를 구조화하여 스토리를 전달하는 방식이다. 하나의 내러티브를 구성하려면 누구의 시선으로 어떤 '사건'을 포함할지 선택해야 한다. 이 과정에서 어떤 사건은 '사건'으로 드러나고, 어떤 사건은 '사건'으로 드러나지 않을 수 있다. '사건'과 '비-사건'을 결정하는 것은 작가의 선택에 달려 있다. 또한 누구의 시선으로 사건을 볼 것인지 누가 이야기를 서술할 것인지 역시 작가의 선택에 달려 있다. 서사의 목적에 따라 5·18을 사실적으로 재현하는 증언 중심의 서사가 될 수도 있고, 5·18 희생자를 애도하는 서사가 될 수도 있으며, 폭력적인 역사가 초래한 인간의 고통을 다루는 서사로 전개될 수도 있다.

　이 세 가지 방식은 복합적으로 연결되지만 5·18 내러티브의 역동과 관련해서 먼저 전제해야 하는 것은 서사적 재현에 사법적·정치적 판단의 공백이 깊게 연루된 사정이다. 5·18은 1996년 사법적 판단이 이루어졌지만 무기징역을 받은 피고인이 8개월 만에 사면, 복권되면서 사법적 결정이 정치적 판단으로 중지되었다. 피해자와 희생자의 복권과 애도가 완료되지 않은 상태에서 사건의 책임자가 정치적 판단을 통해 사면되었고 결국 광주 항쟁과 관련한 논의 역시 지속적으로 폄훼, 왜곡되고 있다.[2] 5·18 사건 이후 40년이 지났지만 사법적, 정치적 판단이 야기한 공백이 역사 왜곡 증상으로 반복되고 있는 것이다. 문학, 예술의 장 역시 이 과정에서 자유롭지 않은 채 반복되어왔다. 그래서 서사적 재현의 장에서 사법적, 정치적 공백의 지점들을 해결하기 위한 문학적 진상 규명이 지속적으로 이루어지고 있다.[3]

최근 영화화된 추적 다큐멘터리 〈김군〉 역시 정치적 판단으로 중지된 역사적 사실의 공백과 무관하지 않다. 5·18에 참여했던 시민군을 북한군으로 왜곡하는 혐오 논의가 등장하자 영화 〈김군〉(2019)은 '시민군' 자체를 혐오 대상으로 만들어 낸 담론과 길항하며 '김군'을 탐색한다. 또 〈택시운전사〉(2017)에서는 시민군의 보편성을 복수대명사 '우리'의 사건으로 다시 한번 증명해 낸다.[4] '김군'으로 개별화하든 '시민들'로 복수화하든

2. 『전두환 회고록』(2017)은 출간 직전 언론 보도로 알려졌고 그후 판매금지 되었다.

3. 임철우의 장편 『봄날』은 5·18의 사건을 문학적으로 복원, 증언하는 대표적 서사이다.(『봄날』1-5, 문학과지성사, 1997) 임철우는 5·18 직후부터 지속적으로 사건을 재현했던 작가이다. 지금까지 나온 소설 가운데 가장 구체적으로 5·18을 역사적으로 조망하고 있다. 이와 관련, 정명중은 '있는 그대로 천착해야 한다는 욕구가 허구로서의 소설적 범주를 넘어서고 있거나 그 범주에 못 미치는 결과를 낳고 있다'(정명중, 2006: 299)고 평가하고 있으나 1990년대 임철우의 문학적 응전의 맥락 역시 적극적으로 고려해 보아야 한다.

4. 〈택시운전사〉와 〈김군〉 모두 광주 시민의 시선이 아니라 외부자의 시선과 참여를

두 방식 모두 훼손될 수 없는 가치를 지켜 내려는 기획이다. 그러나 이 과정에서 후경화된 것은 5·18 피해자의 '고통'이다. 그간 희생자 수를 계산하며 고통을 수치화하거나 그 안에서 애도되지 못하는 생명을 '사실'로 입증하기 위해 추적하기도 했지만 피해자의 삶은 여전히 비가시화되고 있다.

2014년 출판된 『소년이 온다』를 분석하려는 이유이다. 한강 작가의 『소년이 온다』(2014)는 광주 항쟁을 '1980년'의 사건이 아니라 2013년까지 지속되는 고통의 역사로 재현한다. 1장에서 6장까지 모든 인물은 광주 항쟁의 희생자와 생존자이다. 소설 속의 모든 인물은 1980년 5·18을 경험하지만 서술 시간은 다르다. 모든 인물은 각각 자기 위치에서 5·18을 고통의 사건으로 증언한다. 30여 년이 지난 시점에서 5·18 서사는 고통의 계보학으로 재현된다.[5] 5·18이 일회적 사건이 아니라 30여 년

통해 이야기를 만들어 간다. 〈김군〉의 경우 추적 다큐멘터리라는 형식으로 진행되고 있지만 증언자들의 이야기를 직접 듣고 취재하는 과정에서 5·18과 관련된 구체적인 참상이 5·18의 실재로 드러나고 있는 것도 주목해 볼 지점이다. 아울러 〈택시 운전사〉의 경우 광주 항쟁과 관련해서 여전히 남아 있는 고통인 '고립된 광주(시민)'라는 우리 안의 치부와 폭력을 성찰하고 위로하는 시도로 해석할 수 있다.

5. 사라 아메드는 국제통증학회의 설명을 빌려 고통의 개념을 정리한다. "(a) 고통(통증)은 주관적이다. (b) 고통은 기본 감각 사건보다 더 복잡하다. (c) 고통의 경험은 감각 경험과 그에 대한 부정적인 감정이 결합된 것이다. (d) 불쾌한 감각 사건에 대한 의미의 전유는 고통 경험의 본질적인 부분이다."(Ahmed, Sara, p.23)

이상 지속되고 있는 국가 폭력의 역사이자 그 모순과 공백을 드러내는 국가의 실재이다. 고통의 서사가 어떻게 5·18의 폭력을 드러낼 수 있는지 재현하는 것이다.

5·18 서사를 평가하는 몇 가지 진단들

그간 5·18 내러티브는 소설과 영화 연극 등에 걸쳐 다양하게 시도되었다. 또 그에 비례해서 연구사 역시 집적돼 있다. 그중에서도 『소년이 온다』 중심으로 5·18 서사의 쟁점을 정리해 보면 크게 세 가지로 나눠볼 수 있다. 우선, 5·18 재현과 증언(불)가능성에 관한 논의, 애도와 공감으로 촉발된 정동과 감정의 문화 정치학, 그리고 홀로코스트와 문학의 윤리 등이 있다.

첫 번째 5·18 서사에 나타난 '재현(불)가능성'에 관한 논의가 있다.(박진, 2019; 조성희, 2018; 김종협, 2015) 5·18 관련 논문에서 직접적이든 간접적이든 자주 차용하는 개념이다. 5·18 피해자의 고통이 5·18 서사에 주요 주제로 등장하는 것과 무관하지 않다. 다만, 재현불가능성의 개념을 좀 더 세심하게 나누어서 사용해야 할 것으로 보인다. 이를테면 1987년 이전에 언어적,

사법적 권리 부재에 따른 재현불가능성인지, 아니면 고통에 내재한 재현불가능성인지 판단해야 한다. 5·18의 재평가가 이루어지기 전인 1987년 이전 서사의 경우 5·18과 관련해서 어떤 언급도 가능하지 않았다. 이는 재현불가능성의 근저에 놓인 언어적 권리 박탈이 1차적으로 반영된 것이다. 임철우의 초기 단편들에 나타나고 있는 재현불가능성은 언어적, 정치적 박탈과 관련한 재현불가능성이다.(졸고, 2022) 이는 말할 수 있는 권리가 가능해진 이후에 구체적인 증언과 기록의 복원으로 만회된다. 임철우의 장편『봄날』이 대표적이다. 이 소설의 경우 날짜별로 사실적 재현이 이루어지고 있으며 결과적으로 '증언'의 문학적 효과까지 낳고 있다.

그런데 5·18의 역사적 평가가 이루어진 1987년 이후에도 여전히 책임자 처벌과 추징이 유예되면서 사실에 입각한 증언이 화두가 되었다. 이는 고통의 특징인 '말할 수 없음'으로 야기되는 재현불가능성에 가깝지만 동시에 '증언'을 기대하는 '사실' 중심의 재현 요구인지도 판단해야 한다.(배하은, 2017, 499) 고통은 기본적으로 '말할 수 없음', 혹은 '언어의 부서짐'(일레인 스캐리, 2018: 7)을 특징으로 한다. 기존 언어 문법으로 표현할 수 없는 실존적 위기가 바로 고통이기 때문이다. 즉 고통 속에

놓인 인간의 '말할 수 없음'으로 야기된 언어적 증상인지 혹은 아닌지에 대한 구별이 필요하다.[6]

아울러 '말할 수 없음' 혹은 '증언불가능성'이 발화자의 의도적 소통 거부, 즉 증언 거부로 나타나기도 한다. 『소년이 온다』에서도 일부 나타나고 있다. 4장의 '나' 역시 '증언'을 거부하는 태도를 취한다. 이는 본인의 고통으로 '말할 수 없음'을 표현하는 것이 아니라 말하지 않겠다는 표현이다. 그런데 이 의식적 거부를 '증언불가능성'이나 '재현불가능성'으로 논의하게 되면 개념의 혼선이 빚어진다. 본인들의 고통을 재현하지 못하겠다는 것이 아니라 '증언의 목적'을 달리하기 때문에 거부하는 것이다.

5·18 서사에서 증언불가능성과 재현불가능성을 언급할 경우에는 이 세 가지 양상 중에 어디에 속하는 것인지 분별해야 한다. 이를 구별하지 않은 채 인물의 증상을 진단하는 언어로 재현불가능성을 사용할 경우 증상 자체를 오인할 가능성이 높다. 조금 더 나아가자면 '재현불가능성'과 '증언불가능성'의 구별

---

6. 김형중은 최윤의 『저기 소리없이 한점 꽃잎이 지고』에서 재현불가능성과 관련, '여성적 글쓰기/남성적 글쓰기'로 설명하고 있다. 이때 남성적 글쓰기는 국가의 구조적 폭력을 성별화한 것이다. 광주 항쟁의 국가 폭력을 성별화하는 논의가 흥미로우나 피해자 소녀의 언어 표현을 충분히 설명되지 않는 단점도 있다. (김형중, 2006)

역시 호환되는 개념처럼 사용되고 있으나 본질적으로 다른 개념이다. 5·18 서사에서 재현불가능성은 피해자의 고통과 관련해서 요구된 개념이라면, 증언불가능성은 재현불가능성의 중심에 증언할 수 없음이 놓여 있기 때문이다. 즉 증언불가능성은 증언 자체가 가능하지 않은 상황과 연동된다.

두 번째는 정동과 감정 연구에 집중한 경우인데 공감, 애도, 우울증, 트라우마 등 다양한 감정 연구 등이 그것이다. 문학의 탐구 대상이 인간의 감정이기 때문에 5·18 서사에서 인물들의 감정은 주요한 분석 대상이다. 특히 '애도'의 문제가 일차적으로 다루어져 왔다. 또 정태적 감정 연구와 구분되는 동태적 정동 연구도 주목할 만하다. 특정 감정이나 사건으로 외화되기 전의 정동의 이행과 접속의 네트워크를 탐색하는 것은 흥미로운 주제이다.(김미정, 2017; 심영의, 2015; 정미숙, 2016; 조연정, 2014) 감정 연구이든 정동 연구이든 누구의 기억과 감정인지 구별하며 분석되어야 한다. 누구의 기억과 감정을 들을 것인지, 그리고 무엇을 정동의 이행 속에서 확인할 것인지 구별해야 하는 것이다. 광주 항쟁을 회상하는 운동권의 '부끄러움'이나 진압 경찰의 '수치심'이 다루어질 수는 있으나 이때 전제해야 하는 것은 피해자의 목소리를 대신하지 않아야 하는 것이다. 누구의 목소리를 먼저 들어야 하는지 좀 더 섬세한 말의 배치 속에서 판단되어야 한다.

아울러 '기억이 아니라 감정이다'와 같은 주장은 정동 네트워크의 인정과는 별개로 기억, 증언 자체의 중요성을 외면할 가능성이 크다. 5·18 연구에서 피해 당사자의 기억과 증언은 사건의 구체성을 위해서 필요하지만, 증언 자체가 고통을 드러내는 사건의 총체이기 때문에 중요하다. 5·18 서사에서 정동 중심의 연구는 논의의 결론이 아니라 연구의 시작이어야 한다. 특히 인물 간의 관계와 그 연결망을 고려하지 않는 정동 연구는 인물 중심의 감정 연구에 머무르거나 사회적 감정 정도로 귀결될 수 있다. 기억과 감정 연구에서 고려해야 하는 것은 피해자, 희생자의 고통이 어떻게 전염, 접속, 공유하며 고통의 연대를 이루는지 하는 문제이다.

그뿐만 아니라 트라우마와 우울증과 같은 진단 역시 좀 더 분명하게 제시되어야 한다. 인물의 심리적 상태를 진단하는 의학적 언어가 문학 연구에서 기여하는 바가 크지만, 고통을 둘러싼 사회적, 역사적 맥락의 복원이 우선되어야 한다. 개인의 고통을 트라우마 등으로 진단하게 되는 것 역시 고통의 원인을 밝히는 일이지만 이 과정에서 고통의 사회적, 역사적 맥락이 사사화될 가능성이 있지 않은지 살펴야 한다. 정리하자면 누구의 감정인가라는 질문이 먼저 전제되어야 하고 그 고통을 어떻게 들을 수 있는지 확인해야 된다. 또 정동 연구에서는 신체성과 관계성에 기반해서 이루어지는 변화가 핵심적이기 때문에 이를 역동적으로 다루어야 한다.

　세 번째 경우는 두 번째와 연결되는 문제인데 문학의 윤리적 판단과 관련된 것이다.(김영찬, 2017; 김경민, 2018; 최윤경, 2016; 강소희, 2015) 5·18 서사에서 윤리는 기본적으로 애도와 연결된다. 희생자와 피해자를 애도 가능한 생명으로 기입하고 애도하는 것, 이는 문학의 영역이다. 이 과정에서 어떤 인물을 통해 말할 것인지, 누구의 시점으로 볼 것인지 결정하게 된다. 그런데 법적 정치적 판단이 미완된 상태에서 역사 왜곡이 빈번하게 출몰하고 있는 만큼 애도가 갖는 비중이 더해지고 있지만 동시에 애도 내부에 놓인 감각의 재구성(분할) 역시 사유해야 한다.(양진영, 2020) 아울러 『소년이 온다』에서 '우리들 곁에 타자가 있다'는 것과 같은 주제 인식은 조금은 위험해 보인다. '우리'는 누구이고 '타자'는 누구인지 먼저 정리되어야 한다. '우리'라는 복수대명사로 고통을 동질화하는 인식이야말로 『소년이 온다』와 배치되는 문학의 윤리로 보인다. '우/리'라는 공동체가 가능하기 위해 각각의 존재가 고통의 담지자로 등장해서 집합되는 '우/리'를 상상하는 것이 필요하다.

지금까지 증언가능성, 정동과 감정 연구, 문학의 윤리라는 세 차원에서 기존 논의를 살펴보았다. 이 글에서는 『소년이 온다』를 통해 5·18이 문학 재현의 장에서 어떻게 사건화되는지, 그리고 그 안에서 증언, 정동, 기억, 윤리 등의 문제가 어떻게 재현되는지 집중적으로 살펴보고자 한다.

고통: 1개의 역사와 6개의 서사

1988년 4월 1일 동아일보에 「광주사태 '민주화를 위한 노력' 규정」(1988. 4. 1.)가 발표된다. "정부는 광주사태를 '민주화를 위한 노력의 일환'으로 규정"하고 "광주사태 치유를 위한 종합적인 방안"을 발표했다. 정한모 문화공보부 장관은 "이 사태로 많은 국민이 고통과 아픔을 겪게 된 데 대해 정부는 참으로 유감스럽게 생각한다"라고 하며 "광주사태는 나라의 정치 발전이라는 큰 흐름에서 볼 때 광주 학생과 시민의 민주화를 위한 노력의 일환"으로 "피해자는 물론이고 광주 시민과 국민 여러분

께 죄송스럽게 생각한다.”고 발표했다. 이 발표에서 문화공보
부 장관은 ‘많은 국민이 고통과 아픔을 겪었다’고 말한 다음 ‘피
해자는 물론이고 광주 시민과 국민 여러분’이라고 덧붙인다. 장
관의 머릿속에 ‘피해자’와 ‘광주 시민’과 ‘국민 여러분’이 나란
히 병치되고 있다. 이 언어의 배치는 5·18을 둘러싸고 ‘피해자’
와 ‘광주 시민’이 어떻게 사유되고 있는지 단적으로 보여준다.
아울러 도대체 누구에게 죄송하다고 말하는 것인지도 분명하지
않다. ‘피해자와 광주 시민 그리고 국민 모두가 서로를 이해하
고 용서하는 너그러운 마음으로 아픔을 씻고 모두의 명예가 존
중되는 가운데 국민대화합에 동참해 줄 것’을 요구하는 말에서
도 ‘국민’의 외연은 모호하다. ‘고통’을 처리하는 정치적 담화의
대표적 사례이다.

고통을 물신화하는 ‘피해 보상’의 방식 역시 문제적이다.
2017년 5월 기준으로 6차 보상까지 추진되었다고 알려진 바
5·18 기념 재단 사이트에 소개된 「5·18민주화운동의 부활」 기
사에 따르면, “5·18민주화운동 관련 피해자는 사망 155명, 상
이 후 사망 110명, 행방 불명 81명, 상이자 3,378명, 기타 910
명 등 총 4,634명으로 파악”되고 있다. 하지만 사망자 수는 ‘사
체 확인 신원 파악’의 증거가 우선시돼 연고가 없는 사고무친

이나 발굴되지 않은 주검 등은 그 수에 포함되지 않았다. '사실', '증거'를 기준으로 '고통의 증거'을 셈하는 것, 즉 고통을 수치화, 계량화하는 방식은 고통에 불평등한 권력이 작동하는 방식이다.

그렇다면 5·18 피해자의 고통을 어떻게 재현할 수 있을까? 재현할 수도 없고 증명할 수도 없는 고통을 어떻게 재현해야 하는가? 적어도 고통의 증거를 가지고 고통의 우열을 셈하며 보상하는 방식이 아닌, 먼저 이야기되어야 하는 것은 무엇인가? 5·18 고통을 어떻게 나누고 셈하는 것이 적절한가?

『소년이 온다』는 총 6장으로 구성돼 있다. 1장부터 6장까지 등장하는 6명의 인물은 광주 항쟁의 피해자이거나 희생자이다. 에필로그 서술자까지 포함하면 소설의 모든 인물이 모두 5·18을 경험한 인물들이다.[7] 이들이 이렇게 각각 따로 나와서 이야기하는 것이 5·18 서사를 재현하는 데 적절한가? 혹은 정반대의 질문도 가능하다. 이들을 이렇게 배치하는 것이 필요한가? 라고 물을 수도 있다. 그러나 분명한 것은 『소년이 온다』의 경우 전지적 시점으로 조망하는 '하나의 역사'는 없다는 것이다.

---

7. 에필로그 역시 각 인물들의 고통과 연결되는 지점이 있기 때문에 7장으로 볼 여지가 충분하다.

5·18은 하나의 역사가 아니라 개별 인간이 겪어낸 6개의 서사이다. 완료된 사건으로서의 '광주 항쟁'이나 기념되는 역사로서의 '광주민주화운동'은 없다. 오히려 이 역사 안에서 포괄되지 못하는 고통이 드러난다. 우선, 『소년이 온다』에서 각 6장의 서사를 정리해 보면 다음과 같다.

1장은 「어린 새」이다. 중학교 3학년 학생인 동호는 도청에 있다. 시점은 2인칭으로 동호를 '너'로 부르며 서술된다. 동호는 친구 정대와 시위대 선두에 같이 있다가 정대가 총에 맞는 것을 본다. 그후 동호는 도청에 남아 시신을 거두고 기록하는 일을 하며 정대를 기다린다. 1장은 광주 항쟁이 발생한 도청을 배경으로 동호, 은숙, 진수, 선주의 모습이 보여진다.

2장은 「검은 숨」이다. 바로 동호가 찾던 정대의 시선으로 포착된다. 정대는 이미 죽은 상태로 혼만 있는 상태에서 5·18 희생자들의 죽음을 증언한다. 희생자가 어떻게 트럭에 실려 공터에 버려졌는지 그리고 어떻게 무자비하게 불태워졌는지 목격한다. 정대는 죽은 몸들 간의 차이를 말한다. 어떤 몸은 고귀하고 또 다른 몸은 증오스럽다는 것인데 그 차이는 "누군가의 손길이 남아 있는 그 몸이 한없이 고귀해 보여서"라고 말한다.

3장은 「일곱 개의 뺨」이다. 여고 3학년으로 동호와 함께 도청에 남아 있었던 은숙의 얘기이다. 서술 시점은 약 5년 뒤이다. 은숙은 광주 항쟁을 체험했으면 현재 출판사에서 일하고 있다. 경찰은 은숙이 담당한 번역 원고의 번역자를 찾는다는 이유로 뺨 7대를 때리며 심문한다. '일곱 개의 뺨'을 하나하나 기억하며 도청에서 있었던 일을 복기한다. 그리고 은숙은 번역자의 원고로 상연된 연극무대에서 동호를 기억하고 동호의 말을 그대로 체화하고 모방한다.

4장은 「쇠와 피」이다. 도청에 남아 있던 대학 신입생 진수의 이야기를 '나'가 증언한다. 증언 요청을 받아 '나'는 진수에 대해 진술한다. 서술자 '나'는 광주 도청에 남은 이들을 기억하며 "쏠 수 없는 총을 나눠 가진 아이들"의 경험을 증언한다.

5장은 「밤의 눈동자」로 동호와 함께 도청에 남아 있었던 임선주가 '당신'으로 등장한다. 선주는 노동 운동을 하다가 5·18에 참여하게 되는데 그 이후에는 환경 단체에서 녹취와 기록을 담당하며 일하고 있다. 그런데 '증언'을 해달라는 요구에 '증언할 수 없다'고 얘기하면서 녹취록의 일부를 꺼내 읽어보기도 하고 자신이 경험한 고문을 일부 떠올리기도 한다.

6장은 「꽃핀 쪽으로」는 동호 어머니의 기억으로 30년이 지난 시기에 동호를 떠올리는 서사이다. 동호 어머니는 계엄군이 난입한다고 알려진 도청 앞까지 찾아갔지만 둘째 아들까지 잃을지도 모른다는 두려움에 도청 안에 있는 동호와 만나지 못한다. 이 기억을 떠올리며 30년의 시간을 기억한다.

에필로그는 「눈 덮인 램프」로 마지막 장이다. 엄밀히 말해 에필로그에 해당하는 장이다. 작가는 1980년 광주에서 느꼈던 당시의 분위기를 떠올린다. 어른들의 어색한 침묵과 무거운 공기를 기억하며 동호 형의 증언을 받아 적는 과정을 담아낸다.

6개의 서사에서 스토리 시간은 다르다.[8] 우선 2장의 정대는 5·18 당시 시위대에 휩쓸려 목숨을 잃었다. 1장의 동호는 정대를 찾아다니다가 도청에 남아 일을 돕다가 목숨을 잃었다. 3장의 은숙은 5·18 이후 약 5 년이 지난 시점을 배경으로 한다. 4장의 진수는 5·18 이후 고문의 후유증으로 10년을 버티다가 자살했다. 5장의 선주는 1970년대 후반부터 노동 운동에 참여하다가 5·18 사건에 참여한 경우로 약 20여 년이 지난 상황에서 5·18 과 관련한 증언 요구를 받고 있다. 스토리 시간을 전체적으로 계산해 보면 1970년대부터 2013년까지 계속되고 있다. 이를 도표로 정리해 보면 다음과 같다.[9]

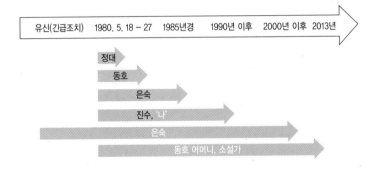

---

8. 정미숙은 시점에 따라 삽화적 기억(1장과 6장), 집합적 기억(2장과 4장), 역사적 기억(3장과 5장)으로 나누어 설명하고 있다.

9. 이 도표는 각 장의 인물들의 스토리 시간을 정리한 것이다. 희생자는 검은색으로, 생존자는 흰색으로 표시했다.

이 도표는 인물들의 고통이 지속되는 스토리 시간이다. 각각의 인물은 5·18 사건이 지난 30여 년 동안 어떻게 축적되어 고통의 계보 안에 남았는지 보여준다. 6개의 서사는 생존자와 희생자, 피해자와 가해자 등의 위치에서 고립, 억압, 개별화된 관계의 양상을 드러낸다. 이들은 고통의 계보가 분유하는 지점에서 나타난 고통의 얼굴이기도 하다. 각각의 인물은 고통을 통해 세계와 맺는 신체의 표면을 결정하면서 신체의 감각을 재배치한다.[10] 이 시간 속에서 유독 기점이 되고 있는 시간적 배경이 있다.

우선 모든 인물이 만났던 1980년 5·18이다. 이 시간 이후 동호와 정대가 죽었고 나머지 4명은 살았다. 정대는 시위대에 있다가 총탄에 맞아 죽은 뒤 유령으로 남아 버려진 시신의 풍경을 목격하고 있다. 동호는 그로부터 며칠 뒤에 도청 안에 있다가 계엄군의 총에 맞아 죽었다. 그 후 5년 여의 시간이 지났지만 여전히 국가 폭력이 반복되고 있는데 은숙은 바로 이 시간을 배

---

10. 사라 아메드는 '고통'을 사회 문화적 감정(정동)의 문제로 다룬다. 특히 여러 논자들의 논의를 통해 고통의 느낌이 신체에 달라붙은 의미에 주목한다. 그는 고통을 통해 '육체적 자아를 형성'하고 자아와 세계의 경계와 표면을 만들어낸다고 지적한다. 고통의 경험 이후 신체의 감각이 재배치되는 양상까지 생각해 볼 수 있다. (Sara Ahmed, 2014: 4)

경으로 공안 경찰의 무자비한 '뺨 7대'를 통해 5·18을 기억하고 증언한다. 그래서 3장의 내용은 공안 경찰에게 맞은 '뺨 7대'를 복기하는 내용이다. 또 4장은 진수가 자살한 1990년 초반을 배경으로 하는데 '광주사태'로 오도된 광주 항쟁이 '광주민주화운동'으로 정정, 수정되는 시기이다. 진수는 바로 이 시기에 고문의 후유증이 지속되면서 자살하게 된다. 5장에서는 선주가 등장한다. 선주는 유신 체제 하에서 노동운동를 했던 시기부터 5·18을 경유하는 시기 동안 '빨갱이년'으로 호명되거나 차별되었다. 광주 항쟁에서 약 20년이 지난 시간이 배경이다. 6장은 동호 어머니의 시점에서 동호를 떠올리며 지난 30여의 시간이 어떠했는지 증언하는 이야기다.

광주 항쟁 이후의 이야기, 즉 5년, 10년, 20년, 30년 동안 지속된 이야기다. 이 과정에서 이들이 각각 어떻게 고립, 소외, 자폐의 양상을 띠며 고통 속에 놓이게 되었는지 주목해야 한다. 이들은 기본적으로 5·18 이후 '정치적인 삶'과 '생명뿐인 삶'으로 분열하면서 고립, 배제, 억압되는 고통을 겪었다. 이들의 고통은 5·18 이후 30여 년 동안 반복, 축적된 온 것이다. 그러므로 이들의 고통을 '우리'의 고통으로 동질화할 수 없다. 또 '희생자'나 '피해자'라는 이름으로 이들의 고통을 차이나지 않게 복수화하는 것도 적절하지 않다.

각 장의 인물들이 고립, 억압, 배제되는 양상에는 차이가 있다. 1장과 2장에서 동호와 정대는 중학교 3학년 학생이다. 이들은 시위대 속에 있다가 한 명은 살았고 또 한 명은 죽었다. 1장의 동호와 정대는 시위대에 휩쓸린 직후 정대는 총에 맞고 쓰러져 시체 더미에 놓이게 되었고 동호는 친구의 손을 놓친 뒤 도망친 자신을 자책한다. 죽은 정대는 목소리 없는 시신의 위치에서 인간의 생명이 어떻게 삭제, 소거되는지 목격한다. 동호 역시 목소리는 없지만 집합된 무리 속에서 목격하는 존재로 재현된다. 정대는 동호의 기억을 통해 애도 가능한 죽음으로 증언되고, 동호는 도청에 있었던 은숙, 선주, '나' 등의 기억을 통해 증언된다.

3장의 은숙은 도청 밖으로 나온 그 순간 '영혼이 부서졌다'고 생각한다. 정치적 삶이 박탈된 채 '치욕적인 삶'만 남은 것이라고 판단한다. 은숙은 대학도 채 마치지 못한 상태에서 살아남지 못한 이들의 목소리를 대신하는 일에 온 정신을 쏟는다. 은숙은 경찰의 무자비한 폭력을 온몸으로 기억한다. 5년이 지났지만 여전히 1980년대 5월의 시간을 반복하고 있다. 자기 학대로 보일 정도로 고립을 자처한다. (『소년이 온다』 80~81쪽 참조)

4장의 진수와 '나'는 5·18 고문 후유증으로 괴로워하면서 '날마다 혼자서 싸운다'라고 생각한다. 진수와 '나'는 도청에서 체포된 뒤 '극렬분자'로 분류되면서 고문의 정도와 양상이 달라졌다고 말한다. 고문 경찰이 '고통을 주는 방식'은 진수와 '나'에게 '애국가를 부른 게 얼마나 웃긴 일이었는지' 다시 말해 '냄새를 풍기는 더러운 몸, 굶주린 짐승'이라는 자기 혐오와 수치를 내면화하는 일이었다고 말한다. 그래서 고문 이후에도 '우리들의 몸속에 그 여름의 조사실이 있었다.'는 말을 통해 광주 항쟁 이후에도 고문의 후유증에서 자유롭지 않았음을 증언한다. 이는 은숙의 '치욕적인 삶'과 연동한다. 진수와 '나'는 '누구도 우리를 위해 염려하거나 눈물 흘리지 않았습니다.'라는 변화된 세태를 경험하며 '우리 자신조차 우리를 경멸했습니다.'라고 생각하는데 이는 동호와 은숙의 경우가 또 다른 경우이다. 4장의 진수와 '나'의 고립은 자기 혐오를 내면화하는 것과 동시에 고통의 공통성이 지워지며 이중적 소외가 중첩된 경우이다. (『소년이 온다』 167쪽 참조)

5장의 선주는 유신 시절 노동 운동을 하며 알고 지내던 사람들과의 관계를 단절하고 있다. 심지어 노동 운동할 때 믿고 의지하던 성희 언니조차 모른 척한다. '당신에게 고통을 줄 가능성이 백분의 일, 천분의 일이라도 있는 사람들은 당신 스스로 밀어내지 않나'라고 서술이 이런 상황을 반영한다. 즉 다른 사람들과의 접촉, 만남을 스스로 파괴하면서 '스스로 부숴뜨리며 도망쳤다'고 얘기한다. 선주의 몸은 유신 시절 노동 운동에서부터 5·18에 이르는 시간을 관통하며 나체 시위와 성고문에 이르기까지 국가 폭력을 여성의 몸으로 관통해 온 역사를 반영한다. 선주는 목숨은 부지하고 있지만 줄곧 '빨갱이년'으로 조작된 낙인과 협박 속에 살아가면서 오직 안전한 곳을 찾기 위해 사회적 관계를 해체하며 고립을 자처하고 있다. 즉 선주는 유신 시절부터 5공화국에 이르는 시기 동안 여성의 몸이 어떻게 폭력의 대상으로 전락했는지 증언한다. 그 고통의 구체성이 5장을 관통하며 기록되고 있다. (『소년이 온다』 184~185쪽 참조)

6장의 어머니 역시 설명할 수 없는 말들을 혼자 되새기며 살아간다. 동호의 작은형은 시민군의 만류에도 직접 들어가서 동생을 찾겠다고 했지만 동호 어머니는 둘째 아들을 만류한다. 둘째 아들까지도 잃을지 모른다고 생각했기 때문이다. 은숙이 도청 밖을 결정하며 '치욕적인 삶'을 떠올린 것과 마찬가지로 아들 둘을 잃을 수 없어 그대로 둘째와 같이 나왔다고 말하는 동호 어머니의 고통은 '치욕적인 삶'에 더해 육친의 정까지 파괴된 상황에서 기인한다.

이 모든 인물들 중에 누가 희생자인가? 고통의 보상 시스템 안에서 수치화된 희생자는 동호뿐일 것이다. 그렇다면 정대처럼 불태워 사장된 시신은 이 통계에 포함되는가? 또 은숙처럼 여전히 고립되어 살아가거나 선주처럼 낙인 효과를 무서워하는 인물은 피해자가 아닌가? 그렇다면 이들은 고통을 말할 수 없는가? 분명한 것은 희생자로 통계에 잡히든 그렇지 않든 이들은 고통을 통해 5·18을 증언한다는 사실이다. 5·18 한복판에서, 산화되는 시신 더미에서, 1980년대 중반 원고 검열과 무대 난입의 장면에서, 얼핏 보면 피해자의 삶과 무관한 지점에서도 5·18이 남긴 고통에 연루되고 있다. 이뿐만 아니라 5·18이 이십 년이 지난 시점에도 여전히 국가 폭력의 혐오에서 자유롭지 않은 채 이 소설의 인물들은 고통 속에 있다. 각 장의 스토리 시간을 연결해 보면 유신 시절부터 용산 참사까지 계속된다. 5·18 이후 이들의 언어적, 정치적 삶은 파괴되었다. 그리고 저마다의 고통 속에서 '벌거벗은 인간'으로 살아간다. 유신 시절부터 용산 참사에 이르기까지 가치 있는 삶이 부서진 자리마다 이들은 '타자의 얼굴'로 나타난다.

책임: '우/리'의 연결과 연대

『소년이 온다』의 각 장을 연결하면 지난 40년간의 역사가 '국가 폭력과 고통'이라는 주제로 요약된다. 고통이 집적되는 역사 속에서 가시화되는 것은 '고통의 얼굴'이다. 이들을 대면하지 않은 채 '5·18 이후'를 상상하기 어렵다. 이들은 국가 폭력에 노출된 채로 배제와 소외를 체화하고 있지만, 취약한 존재들 간의 연결과 연대를 통해 책임의 문제를 성찰하고 있다. 5·18 이후 '책임'은 가해자 몇몇의 '책임자' 표상으로 고정되었지만, 이 소설에서 묻고 있는 것은 '고통하는' '우/리'의 삶을 변화시켜내는 타인을 향한 책임이다. '우리' 사이에 놓인 빗금은 '우리' 안에 놓인 '차이'를 외화시킨 것이다. 하나의 역사로 동질화될 수 없지만 그럼에도 고통의 공통성으로 연결된 공동체라고 할 수 있다. 때문에 '우/리'로 집합되기 위해서 필요한 것은 자신을 기투하며 어떻게 타자와 만날 것인지 물어야 하는 것이다. 이는 단지 야만적인 국가 폭력과 저항하는 개인의 이분법으로 설명할 수 없다.

각각의 인간들이 고통하는 존재로서 단속(斷續)적이지만 고통에 연루될 때 또 다른 존재들과 연결될 수 있었다. 이를테면,

1장의 동호는 엄마 손을 뿌리치고 도청에 남아 있겠다고 말한다. 동호는 '여기 있다간 죽어'라는 말을 들었음에도, '엄마의 손을 떨쳐내며' 상무관으로 들어간다. 그 이유는 '정대 찾아서'이다. 본인이 정대를 찾겠노라고 말하는 것은 소년의 우애를 넘어서는 것이다. 이는 정대와 끝까지 함께하지 못한 자책인 동시에 한 인간으로서 책임을 다하려는 결단이다. 총탄이 난무하는 아수라장 속에서 모든 이들이 도망쳤지만 동호는 정대의 손을 놓쳤다는 자책으로 고민하며 기존의 가족적, 사회적 규범을 넘어서 결단한다. 즉 도청 안의 선주와 은숙의 만류와 종용에도 동호가 끝까지 도청에 남는 것은 5·18 시위대 안에 놓여 본 경험과 그 안에서 정대의 손을 놓쳤다는 마음이 동시에 작용한 결과이다. 그래서 동호는 기존의 도덕률을 벗어나 도청에 남겠다고 결정한다. 이는 마땅한 이념이나 국가 권력에 저항하는 대의로만 설명할 수 없다. 동호의 결단은 기존의 사회적 규범을 대신하는 윤리적 에토스로서 타인에 대한 책임에 근거한다. (『소년이 온다』30쪽 참조)

은숙 역시 살아남은 생존자이지만 5·18 이후에 가치 있는 삶을 잃었다고 생각하는 인물이다. 그는 도청을 떠난 순간, 가치 있는 삶으로부터 도망친 것이라고 생각한다. 이는 5·18 이후 정치적 권리가 박탈된 생존자의 고통을 압축한다. 은숙은 정치적, 언어적으로 박탈된 삶을 회복하고자 한다. 국가 폭력의 공포와 두려움을 체화한 신체에서 벗어나고자 하는 의지이다. 은숙은 경찰에게 '뺨 7대'를 맞으며 이를 기억을 촉발하는 매개로 전유한다. 이 과정은 집요할 정도로 세세하게 이루어지는 5·18 증언의 수행적 행위이다. 즉 고통을 겪는 수동적 존재가 아니라 '고통하는' 신체가 되는 것이다. 이 능동성은 박탈된 언어 권리를 찾기 위한 행위로 이어진다. 첫 번째는 본인이 교열한 원고가 검열로 문장 곳곳이 삭제되자 지워진 문장을 복기하는 행위이다. 은숙은 기억하고 복기하며 지워진 문장을 다시 문면 위로 떠올려낸다. 두 번째는 경찰이 무대 위에 난입하는 상황 속에서 동호의 얼굴을 떠올리는 행위이다. 도청에서 죽은 동호의 얼굴을 다시 한번 기억하면서 '동호야'라고 호명한다. 은숙은 언어적, 정치적으로 박탈된 권리를 찾기 위한 수행적 행위를 반복한다. 이를 통해 은숙은 자기 고통을 넘어서 타인의 고통과 접속한다.

각각의 인물들이 모두 고통 속에 있지만 타인의 삶을 관찰하고 증언하는 것뿐만 아니라 타자의 삶에 기꺼이 연루된다.[11] 소

---

11. 버틀러는 '(윤리적) 책임'의 개념은 버틀러의 「연대하는 신체들과 거리의 정치」

설의 1장부터 에필로그까지 모든 인물은 고립된 상황에서도 타인의 삶을 관찰하고 증언한다. 동호는 정대의 삶을, 정대는 공터에 버려진 시신들을, 은숙은 동호의 삶을, '나'는 진수의 삶을, 선주는 성희의 삶을, 동호 어머니는 동호의 삶을 기억한다. 1장에서 서술자는 동호가 아니라 동호를 '너'로 부르는 서술자이다. 동호를 지켜보는 누군가가 동호를 관찰하며 지켜본다. 3장에서 은숙은 어린 소년 동호의 죽음을 기억하며 그의 목소리를 빌려본다. 4장에서 '나'는 진수의 고통을 증언하고 있고 5장에서 선주는 성희 언니와 함께 했던 삶을 증언한다. 5장에서 선주에게 증언의 필요성을 얘기하는 인물도 등장한다. 이들은 여전히 고통 속에 있지만 고통을 성찰하며 타인과 연결될 수 있는 지점을 모색한다. 그래서 신체에 남아 있던 '불쾌'와 '두려움'의 정동은 타인과 연결되는 순간 달라지게 된다. 은숙이 동호를 떠올리고, '나'가 진수를 떠올리고, 선주가 성희 언니를 떠올리고, 동호 엄마가 동호를 떠올리는 지점에서, 다시 말해 다른 신체들과 연결되는 그 지점에서 또 다른 신체로 이행한다. 이를테면 선주

의 맥락에서 시사받은 바 크다. 이 글에서 버틀러는 "책임이라는 개념이 신자유주적 목적을 위해 전유"되어 왔다는 사실을 전제하며 새로운 윤리적 에토스로서 '타자의 책임을 제시한다. (62쪽)

의 경우 기존 관계를 파괴하면서 고립을 자처했지만 결국 성희 언니의 병든 몸을 마주하는 것으로 나아간다. 즉 각각의 장에서 서술하는 목소리는 대개 목격과 관찰의 2인칭 형식으로 이루어 지는데 목소리 없는 이들의 삶을 증언하는 방식이다. 1인칭 나 의 고통은 재현불가능하지만, '너'의 고통에 대한 증언은 가능 하다고 보여준다. 그럼에도 모든 관계가 그런 것은 아니다. 증 언 자체를 거부하는 경우도 있다. (『소년이 온다』 108쪽, 132쪽 참조)

증언자 '나'는 '선생'에게 김진수과 관련해서 '증언' 요청을 받는다. '나'는 김진수와 자신이 어떤 일을 겪었는지 차근차근 떠올린다. 그런데 증언을 하는 도중 연구 논문을 작성하는 '선 생'에게 이 증언이 본인을 위한 것인지 아니면 도우려는 것인 지 묻는다. 피해자에게 증언 관련 질문이 때로는 피해를 증명하 라는 요구처럼 전도될 수 있다는 사실을 말하는 것이다. 그래서 '내 말들을 녹취함으로써 김진수가 죽어간 과정을 복원할 수 있 습니까'라고 말하며 진술 중간에 '무슨 권리로 그걸 나에게 요 구합니까'라고 묻는다. 증언의 목적이 누구를 위한 것인지 묻는 것이다. '증언'의 목적은 '사실'을 증명하기 위한 '설명'이 아니 라 피해자의 목소리를 복기, 복원하는 과정이다. 이는 피해자의 증언이 어떻게 물어져야 하는지, 그리고 어떤 관계 속에서 물어져야 하는지 재정의하는 것이다. '사실'을 밝혀내기 위한 증언 역시 피해자의 삶의 복권과 연동해서 이루어져야 한다.[12]

즉 『소년이 온다』에서 증언은 기본적으로 목소리가 없는 '벌거벗은 생명'들의 삶의 복권을 위한 증언이다. 이들은 1988년 이전까지 '광주사태'에 참여한 '폭도'들로 무자비한 폭력에 노출될 수 있는 존재인 동시에 '빨갱이년'으로 낙인 찍혀 언제든지 심문당할 수 있다는 위협 속에 살아가고 있다. 또 '총을 들었다'는 사실이 '발포'로 등치되어 혐오와 차별을 경험한다. 이런 상황 속에서 '증언'은 1인칭의 관점에서 본인이 경험한 것을 말하는 행위이다. 그런데 이 소설에서 각각의 인물들은 모두 다른 인물을 지켜보고 돌보는 존재로서 자기 삶을 맥락화한다. 이를테면 1장의 동호는 '너'라고 불리며 누군가의 시선 안에서 살펴지는데 이는 3장의 은숙, 4장의 '나', 6장의 어머니의 시선과 같다. 중학교 3학년인 동호에게 도청 안의 형과 누나들은 관심과

---

12. 주디스 버틀러는 「윤리적 폭력 비판」에서 이와 같은 상황을 구체적으로 제시하며 "질문자가 전제한 관계를 거부하거나 아니면 질문받은 이가 질문하는 이를 거부하도록 관계를 바꾸게 한다" 등으로 설명하고 있는데, 그 핵심에는 '고통'(suffering)에 연루될 수 있는 가능성(인과적 관계)이 핵심이다. (주디스 버틀러, 2013: 25) 그런 가능성 없는 질문은 증언자의 증언 행위를 왜곡할 수도 있는 위험성, 즉 질문자의 맥락 안에서 재배치될 가능성을 배제할 수 없다.

보호의 시선을 보내면서 집에 들어가라고 말한다. 은숙은 번역가의 원고를 기억하고 복기하며 동호의 목소리를 그대로 가시화시켜 낸다. 4장의 '나'는 진수의 삶을 증언하면서 진수가 어떻게 괴로워했는지 증언하기도 하지만 도청 안에서 어떤 약속과 규칙이 있었는지 말하기도 한다. 〈투사 회보〉(1980. 5. 23.)의 '행동 강령'에서 전하고 있는 바 '중고등학생의 무기 소지를 금한다', '계엄군이 발포하지 않는 한 우리가 먼저 발포하지 않는다'라는 사실을 다시 한번 증언하는 것도 같은 예이다.

증언이란 목소리 없는 자들. 즉 벌거벗은 자들의 목소리를 재현하는 것이다. 국가 폭력에 노출되어 '벌거벗음'의 상태로 내몰린 이들이 서로의 삶을 복원하는 말하기이다. 그래서 증언 과정에 복기와 모방, 수행은 필수적이다. 이를테면 은숙이 학생식당에서 목격한 것은 바닥에 떨어진 유인물을 목격하는 것도 그러하다. (『소년이 온다』 77쪽 참조)

은숙은 떨어진 유인물을 자세히 눈여겨본다. 그리고 1980년 당시의 기억을 소환한다. 이는 다른 상황에서도 반복된다. 은숙은 출판사에서 원고 교정 등의 일을 하는데 검열 때문에 실리지 못한 문장을 암기한다. 그런데 이렇게 기억하고 소환하고 복기하는 과정을 통해 은숙의 신체 감각은 달라진다. 1980년 광주 항쟁 때와 다르게 폭력에 맞서고자 하는 정동이 그것이다. 이는 유인물을 주워 읽는 순간부터 시작된다. 유인물에 써 있는 내용을 반복, 복기하는 과정에서 신체 감각을 재구성한다. 때문에 '학살자 전두환을 타도하라'가 두 번 반복되면서 서술 시간 자체가 실제 스토리 시간 보다 더 길게 재현된다. 이는 은숙이 뺨 7개를 맞은 사건의 서술 시간을 장 전체로 길게 재현하는 것과 마찬가지이다. 앞 장에서 스토리 시간 자체를 역동적으로 배치하면서 고통의 역사를 재구성했다면, 이 장에서는 목격, 관찰, 복기, 기억하는 서술 시간에 변화를 주면서 증언 효과를 증폭시켜 낸다.

5·18 생존자의 삶을 다른 각도에서 조망하는 지점이다. 이는 고통 속에 놓인 신체 감각의 변화이다. 동호와 정대 은숙과 선주, 김진수와 '나'는 5·18 당시 도청에서 죽기도 하고 살아남기도 했지만 적어도 도청의 장소성을 신체에 각인하고 있다. 5·18 시기 동호, 진수와 선주 모두 도청에 남겠다고 선택한 바 있다. 서술자 '나'는 당시 도청에 남겠다고 결정했을 때 광주 시민과 분리, 고립되어 죽음을 불사하겠다고 마음 먹은 것이 아니라 광주 시민들이 모일 때까지 보루를 지키는 행위였다고 말한다. 4장의 '나'의 말 속에서 일부 드러나고 있는 바, 밤새 도청을 지키면 아

침 일찍 시민들이 도청 앞을 가득 메울 것이라는 믿음이 있었던 것이다. 즉 죽음을 선택한 결정은 없었다.[13] 생존자 고통의 핵심에는 이 믿음이 실현되지 않은 것, 즉 이중 삼중의 '고립'에 대한 아픔이 엿보인다. '광주'와 '광주 시민', 그리고 도청에 남아 있던 존재들이 겪은 '고립'은 국가 폭력의 희생자라는 말로 설명되지 않는다. 고립에 따른 원한 감정이 맥락화될 가능성도 있지만 『소년이 온다』에서는 이 문제를 고립된 신체들 간의 연결과 연대로 전환시켜 낸다.

요컨대 『소년이 온다』에서 인물들은 고통 속에 있지만 타자의 고통을 증언하며 고통의 공통성을 감각한다. 각자 개별화된 취약한 존재들이지만, 이들은 5·18 이후 '고통하는' 방법으로서 '타인에 대한 책임'을 체화하고 있다. 이들에게 '책임'은 자본주의 하에서 주체 중심으로 전유된 자기 행위의 최종적 관리가 아니라 취약한 존재들이 상호의존하는 '타인에 대한 책임'이

---

13. 26일 저녁의 도청 상황과 관련해서 죽음을 각오한다는 언명이 반복되고 있지만 동시에 윤상원의 회고록에 나오고 있는 바 외신기자들의 말에 기대어 3일만 버티면 된다는 희망도 보인다. "광주시민들의 생명과 재산을 보호하기 위해 시민군이 되고자 여기 모인 여러분들을 열렬히 환영한다. 우리는 전두환 살인마가 즉각 비상계엄을 해제하고 민주 일정에 따라 민주 정부를 수립할 때까지 싸울 것이다. 외신기자들은 손가락 세 개를 펴 보이며 앞으로 3일만 더 버티면 전두환은 물러날 것이라고 하더라. 민주 정부가 수립될 그날까지 끝까지 투쟁하자"(김상집, 2021: 339)

다.(버틀러, 2020: 39) 이는 타인의 삶을 지켜보고, 그들의 고통 속에 연루될 수 있는 태도이다. 각각의 인물이 '고통하는' 인간으로 고양되는 지점은 다르지만, 고통의 공통성이 생산되는 맥락은 유사하다. 분명한 것은 취약한 개인들이 타인의 삶을 지켜보며 그 고통에 자신을 연루시켜내는 용기가 집합되고 있다는 점이다.

'포스트 5·18'을 사유하는 고통의 윤리

한국 문학은 '고통'을 재현하며 자기 자리를 탐색해 왔다. 문학에서 재현되는 고통은 실제 사건에서 비롯된 아픔이기도 하지만, 잠재된 사건 이면에 놓인 비재현적 흔적이기도 하다. 문학은 '고통'의 기록이자 '고통하는' 장치이다.[14] 한국 현대사의 폭력적 생명 정치 속에서 고통받고/고통하는 인간을 그려낸 것이 문학이다. 고통은 수동적이고 부정적인 감정이지만, 바로 이

---

14. 고통의 두 측면을 강조하기 위해, pain과 suffering의 특성을 거칠게 나눈 것이다. 특히 주디스 버틀러의 suffering 개념에서 영감을 얻어 「윤리적 폭력 비판」에서는 이를 '고통겪기'로 번역했으나, 본 논문에서는 타인의 고통에 능동적으로 연루되는 능동성을 강조하여 '고통하는'이라는 표현을 사용했다.

감정을 통해 역설적으로 '인간'의 공통성을 발견해 왔다. 이 글에서는 『소년이 온다』를 분석하며 소설이 '고통하는' 장치로서 소설이 고통을 어떻게 재현했는지 살펴보았다.

『소년이 온다』의 1장부터 6장까지 등장하는 모든 인물은 한국 현대사를 관통하며 국가 폭력이 만들어 낸 타자성을 보여준다. 이 소설에서 '사건'으로 등장하는 것은 고통 그 자체이다. 6개의 서사는 개별화되고 고립된 상황을 고통의 증상으로 드러낸다. 이들은 언어적, 정치적 권리를 박탈 당해 고통이 사물화되는 지경에 이르렀다. 동호는 정대를 잃었고, 은숙은 도청에서 나오는 순간 인간다운 삶을 상실했다. 선주는 유신 시절 나체 시위로 공권력에 저항했으나, 국가 폭력에 압도되어 사회적 관계를 끊어 내고 있다. 진수는 고문의 후유증으로 버티다가 자살했고, '나' 역시 고통 속에 있다. 5·18 이후의 역사가 고통의 계보학으로 지금-여기까지 이어지고 있음을 보여준다. 이 고통에서 주목할 점은 자기 고통을 넘어 타인의 고통으로 나아가는 윤리적 에토스이다. 타인의 고통을 기억하고 증언하는 양상이 그것이다. 1장의 동호는 정대와의 일을 기억하고, 2장의 정대는 죽은 시신의 풍경을 묘사하며, 3장의 은숙은 동호를 기억한다. 4장의 '나'는 진수의 삶을, 5장의 선주는 성희 언니의 삶을 증언한다. 증언 행위는 타인의 삶을 복권하는 것이자 목소리 없는 자들의 목소리가 되어주는 일이다. 은숙과 선주가 그 대표적 사례이다. 은숙은 검열된 원고에서 삭제된 내용을 기억하며 동호의 목소리를 대신하고, 4장의 '나'는 5·18 당시의 사실을 증언한다. 이들은 고통의 공통성을 경험하며 타인의 고통에 능동적으로 연루된다.

결과적으로 『소년이 온다』는 '5·18 이후'를 다시 사유하게 한다. 5·18 이후 40년이 지난 지금 분명히 인식해야 할 것은 피해자의 말을 어떻게 들을 수 있는지 묻는 것이다. 고통 속의 타인의 삶을 나의 삶과 연결하며 고통의 공통성을 생산하는 것, 다시 말해 각각의 신체가 집합되는 경험에 기꺼이 연루되는 일이다. '타인에 대한 책임'은 결국 '5·18 이후를 가능하게 하는 근거이다.

* 이 글은 전남대학교 5·18연구소에서 발간한 『민주주의와 인권』 (2022.3)에 실린 논문이다.

2장

———————

정미숙

오월을 경험하고 기억하며 공감하다

정미숙

「여성, 환멸을 넘어선 불멸의 기호」로 2004년 부산일보 신춘문예에 당선되며 평론가란 이름을 얻었다. 이후 소설-시-현대시조, 세 장르를 주로 넘나들면서 공감, 생동하는 글쓰기를 지향하고 변화와 혁명을 모색 중이다. 지은 책으로 『한국여성소설연구입문』 『집요한 자유』 『음식문화와 문화동력』 『한강, 채식주의자 깊게 읽기』 『젠더와 권력 그리고 몸』(공저) 등이 있다. 현재 국립 한국해양대학교 교양교육원 교수로 재직하고 있다. 글을 쓰고 읽는 시간 속에서 스스로 오롯할 수 있음을 아는 까닭에 내내 오래도록 읽고 쓰며 살고자 한다.

들어가며

한강은 '광주민주화운동'을 다룬 장편소설『소년이 온다』를 출간하였다. 함축적인 시적 문체로 시대와 개인의 상처, 고통을 끈질기게 성찰하며 의미를 생산하는 작가 한강[1]이 그린 '광주'는 무엇인가. 한강이 '광주민주화운동'(이하 '광주'라 표기)을 재현한 이유는 '광주'가 결코 잊어서는 안 될 우리 근현대사의 중요한 사건이기 때문이다. 그런데 시공간의 거리를 갖는 '광주'는 점점 흐릿해지고 '광주' 체험은 요원한 듯이 여겨진다. 이에 '한강'은 '탈감정사회'[2]라는 무감각의 시대 논리를 거스르며 '광주'를 그 '기억'에 따른 겹친 듯 상이한 '정동'의 발생과 확산에 주목하며 '광주'를 다시 체험하고자 한다.

---

1. 참고할 문헌으로 이숙, 「예술가의 사회적 책무: 폭력의 기억과 인간의 본질 - 한강의 『소년이 온다』를 중심으로, 『현대문학이론연구』, 제 60집, 2015, 정미숙 외 지음, 『한강, 채식주의자 깊게 읽기』, 더스토리, 2016.

2. 탈감정사회는 이전 시대라면 사람들의 마음을 움직였을 사건에 사람들이 반응하지 않는 사회를 의미한다. 그가 지적한 문제적 '감정'은 사건에 대해 어떠한 연고 의식, 참여 의식, 책임 의식도 느끼지 않는 감정 상태를 말한다. 자신의 일에 골몰하는 대부분의 세상 사람은 타인의 일에 동정은 하지만 공감하기 어려운, 지성화된 기계적 감정에 길들어 있기 때문이다. 또한 지속된 고통은 고통을 일상화하여 인식하지 못하게 하는 맹점을 야기한다는 것이다. 스테판 메스트로비치, 박형신 역, 『탈감정사회』, 한울아카데미, 2014.

기억이 없는 삶은 분류되지 않은 인상들과 경험들로 뒤범벅인 것이다. 또한 기억은 파악하기 어려운 개념이라 사회적 맥락 속에서 개인적 기억, 집합적(혹은 사회적) 기억, 역사적 기억, 보존기록 네 가지 기억의 유형들이 복잡하게 상호작용하면서 때로는 지난한 방식으로 우리들이 과거를 이해하거나 과거로부터 교훈을 끌어낼 수 있도록 한다.[3] 한강은 '광주'를 내밀하게 복원하기 위하여 기억을 시점에 따라 교차적으로 재현하며 주체와 대상 '사이'에서 발생하는 '정동'을 생생하게 포착한다.

그렇다면 요즘 주목받고 있는 '정동'은 무엇인가.[4] 이 책에서 '정동'(affect, 情動)은 몸, 감각, 인지를 지닌 인간이 가지는 정서이면서 멜리사 그레그의 말처럼 '정서(emotion) 너머에 있기를 고집하는 생명력에 우리가 부여하는 이름'이자 '힘 또는 힘들의 마주침' '감각과 감성의 골과 체를 빠져나가며 일어나고 사라지는 일종의 신체적 능력의 기울기, 언제나 조정되는 힘 – 관계들

---

3. 랜달 C. 지머슨(Randal C. Jimerson), 『기록의 힘: 기억, 설명책임성, 사회정의』, 민주화운동기념사업회, 2016. 282면.

4. '정동'은 연구자, 번역자에 따라 이견을 보인다. affection, affect, emotion인데, affection을 스피노자는 변용으로 들뢰즈는 (신체들의) 섞임으로 말한다. 마수미는 들뢰즈의 'affection'과 'affect'를 'emotion'과 'affect'로 구분한다. 최원, 「'정동 이론'비판」, 82~88면, 『문화과학』, 문화과학사, 2016 여름.

의 유연한 점진주의'[5]라는 포괄적 견해를 사용하기로 한다. 몸을 가진다는 것, 산다는 것은 곧 정동되는 법을 배운다는 것[6]이다. 다시 말하면 '정동'은 개인의 주관적인 정서이자 이에 머무는 것이 아니라 운동적 이행적 측면을 갖는 것으로 자아와 타자 간의 상호영향 관계를 전제한다.

정동은 개인과 집단의 관념, 가치, 대상 사이의 연결을 유지하거나 보존하는 긍정적인 가치를 축적하는 것과 혐오와 증오의 총체적 감정을 말하기도 한다. 정동은 감정이자 자본이며 인간의 긍정적인 역능이자 부정적인 표상이다. 질 들뢰즈는 정동을 역량의 증감, 잠재성 개념으로 이론화했다. 그의 뒤를 이은 브라이언 마수미와 마누엘 데란다 또한 현시대의 예속적인 주체성을 벗어나는 가능성을 잠재성에서 찾고 있는 데, 잠재성은 현실의 변화를 이끌어내는 견인차이며 미래의 미결정성을 보장하는 근거이자 자본주의의 재영토화하려는 힘에 끊임없이 맞서

---

5. 멜리사 그레그(Melissa Gregg)·그레고리 시그워스(Gregory J. Seigworth), 최성희·김지영·박혜정, 『정동 이론』, 갈무리, 2015, 14–15면.

6. 한 학술대회에서 '몸'이라는 말의 반대말을 써보라고 했는데 "정동되지 않은" "죽음"이었다. 몸을 가진다는 것은 정동되는 법을 배운다는 것이며, 이는 인간이나 비인간인 다른 실체들에 의해 '추동되고' 움직이고 실현된다는 것을 의미한다. 『정동이론』, 같은 책, 33면.

는 탈영토화의 토대이다.[7]

한강의 '광주'를 시점에 따라 삽화적 기억(1장과 6장), 집단적 기억(2장과 4장), 역사적 기억(3장과 5장)으로 나누고, 그에 따라 겹친 듯 상이한 정동 양상/전략을 살펴 볼 수 있을 것이다. 이를 통해 오랜 시공간을 격하는 '광주'를 다시 경험하고, 공감하면서 우리의 인식과 자세를 바로 잡는 역사의 한 장을 마련할 수 있을 것이라 믿기 때문이다.

삽화적 기억 속의 '너', 잔혹한 낙관주의

소설은 모두 6장으로 구성되어 있다. 1장 〈어린 새〉, 2장 〈검은 숨〉, 3장 〈일곱 개의 뺨〉, 4장 〈쇠와 피〉, 5장 〈밤의 눈동자〉, 6장 〈꽃 핀 쪽으로〉인데 이 소설의 주인공인 '동호'는 각 장의 주요 인물이 모두 기억하는 인물이다. '동호'는 소설의 주인공이자 작가의 옛 집에 실제 살았던 무고한 희생자로서 우리가 잃

---

7. 김지영, 현대시와 정동 – 위태로운 삶들, 〈시와 사상〉, 2015 가을, 32쪽. 들뢰즈는 정동의 개념을 잠재성, 창발, 신물질주의, 신실재주의, 사건, 자기조직화, 객체지향존재론 등의 개념들과 연동하며 새로운 존재론을 도출한다고 한다.

은, 우리 모두가 찾아야 하는 어린 영혼의 표상이다.[8]

　1장 〈어린 새〉와 6장 〈꽃 핀 쪽으로〉는 '동호'를 주인공/초점화자로 삼아 '너'라고 부르며 이야기하는 이인칭 소설이다. 〈어린 새〉의 경우는 스토리 밖의 서술자가 주인공으로서의 '너'를 호명하고 있고 〈꽃 핀 쪽으로〉는 주변인물이 서술자인데 이 경우 일인칭 서술자가 주인공을 '너'라고 부르면서 '너'에 관한 이야기를 하는 것이다.[9]

---

8. 한강은 에필로그에 제목(〈눈 덮인 램프〉)을 붙여 소설 한 장의 무게를 부여한다. 이 장에서 작가는 '동호'가 실제 자신의 옛 집에 살았던 아이로, 우리 이웃의 아이임을 거듭 강조한다. S. 랜서에 따를 때 소설의 제목, 표제, 헌사, 서문 등의 허구외적 구조가 작가의 정체에 관한 정보를 드러내고 서술의 방향을 제시한다. S. 랜서, 김형민 역, 『시점의 시학』, 좋은 날, 1998, 130면.

9. 이인칭 소설의 창작유형은 크게 네 가지로 나눌 수 있다. 1) 가장된 '나'와 자기 스토리 서술자: 일인칭 서술자인 '나'가 자신을 너/당신으로 부르면서 자기 이야기를 하는 경우 2) 주인공으로서의 '너/당신'과 주변인물 서술자: 일인칭 서술자가 주인공을 너/당신이라고 부르면서 너/당신에 관한 이야기를 하는 것이다. 3) 주인공으로서의 '너/당신'과 스토리 밖의 서술자: 이 경우 삼인칭 시점과 같지만 초점화의 대상은 '너/당신'으로 한정되어 있으므로 스토리 안의 다른 인물의 내면까지 들여다 볼 수 있는 전지의 시점은 지니기 어렵다. 이 유형의 이인칭 소설의 서술 구조는 삼인칭 선택적 전지의 시점이나 삼인칭 관찰자의 시점만이 존재한다. 관찰자의 시점과 선택적 전지의 시점이 섞여서 서술의 농담적 효과를 낸다. 4)호명된 독자로서의 '너'와 메타픽션적 서술자: '너'는 서술에 참여하도록 호명된 독자라고 할 수 있다. 텍스트 밖의 독자를 스토리 안으로 끌어 들여 서술의 대상으로 삼고 있는 것이다. 이미란, "이인칭 소설의 창작유형 연구 - '너/당신'의 정체성과 서술자의 위치를 중심으로", 한국언어문학 제71집, 2009, 418-427면.

동호와 동호 엄마의 기억은 개인적 기억인 삽화적(episodic) 기억에 속한다. 삽화적 기억은 개인 자신의 삶에 있는 에피소드나 마음 상태에 대한 자발적인 혹은 비자발적인 상기(recall)에 기반한, (실제적이거나 혹은 상상된) 직접적인 개인의 경험의 회상(recollection)을 망라한다.[10] 동호의 '광주'는 친구 정대의 죽음과 관련되는 기억이고, 동호 어머니의 '광주'는 아들을 잃은 지극히 개인적인 슬픔의 기억이다. 참척의 한을 품은 어머니와 아들 사이에서 발생하는 정동은 '광주'를 혈육을 잃은 슬픔으로 느낄 수 있는 바탕이다.

〈어린 새〉에서 스토리 밖의 서술자는 '동호'를 '너'라고 부르며 동호의 동선과 내면을 추적한다. 동호는 친구 정대의 죽음을 목도하고도 달아난 자신에 대해 한없는 '부끄러움'과 '죄의식'을 갖는다. 부끄러움과 죄의식은 동호가 가족의 품을 떠나 상무대에 머물며 다른 시신을 돌보도록 하는 정동이다. 정대의 죽음과 동호가 짝사랑한 것으로 느껴지는 정대 누나의 실종은 동호의 삶을 죽음으로 돌려놓았다. 그는 평소 정대 누나의 칭

---

10. 인지심리학자들은 개인의 장기 기억을 세 가지 주요 영역, 즉 삽화적 영역, 의미론적 영역, 절차적 영역으로 구별한다. 랜달 C. 지머슨, 민주화운동기념사업회 옮김, 『기록의 힘 : 기억, 설명책임성, 사회정의』, 민주화기념사업회, 2016, 285면.

찬 "세상에, 너는 머시매가 어쩌면 이렇게 착실하냐"를 깊이 마음에 새겼고, 그 칭찬을 배신한 자신의 비겁을 용서할 수 없는 것이다.

동호는 '억센 엄마의 손가락을 다 떼어내고' 자신을 살리고자 온 작은 형과 엄마를 피해 '날쌔게 강당 안으로 도망'치며 억울한 주검 곁에 남고자 하나, 죽음은 낯설다. 실제로, 동호는 2인 1조의 군인들이 정대와 쓰러진 사람들을 끌고 가는 것을 보았다. 그러나 동호는 이 사실을 모르는 척, 아니 모르고 있다는 사실 조차 '부정'한 채, 정대의 시신이 이곳에 도착할 수도 있으리란 막연한 낙관적인 생각을 하며 지낸다. 동호의 부정은 외상적 지각(traumatic perception)의 현실성을 깨닫는 데 대한 주체의 거부를 구성하는 방어 양식이라고 할 수 있다.[11] 어린 동호는 정대의 죽음을 부인하고 현실도 부정하는 분열 증상을 보이나 정대의 죽음은 동호의 꿈속까지 파고드는 생생한 고통이다. (『소년이 온다』 7쪽 참조)

사건을 겪은 이후 동호의 '눈'은 종종 그의 마음을 드러내는 것과 연관되는 데, 예문은 상황과 이반되는 상상을 하는 동호의

---

11. 프로이드에게 부정은 논리적 부정과 부인의 행위 모두를 의미한다. 딜런 에반스, 김종주 옮김, 『라깡 정신분석 사전』, 인간사랑, 1998, 157면.

내면에 서술자의 판단을 섞은 '자유간접화법'의 전달 양식을 드러낸다. 동호는 도청 앞 은행나무에서 '바람의 형상'을 기대하고, '숨어있던 빗방울'이 튕겨져 나와 '투명한 보석들'같이 허공에 떠서 반짝이기라도 할 것을 기대한다. '동호'는 '광주' 이후 가만히 눈뜨고 있는 것조차 힘들다. 자신이 놓인 상황을 결코 있는 그대로 받아들일 수 없는 것이다.

이처럼 〈어린 새〉를 지배하는 정동은 '잔혹한 낙관주의'이다. '잔혹한 낙관주의'란 실현이 불가능하여 순전히 환상에 불과하거나, 혹은 너무나 가능하여 중독성이 있는 타협된 혹은 공동 약속된(compromised) 가능성의 조건에 대한 애착 관계를 이르는 말이다. 그 대상 자체가 삶을 연속시키는 조건으로 작용하기에 포기하지 못한다는 점에서 '잔혹하다'고 할 수 있다.[12] (『소년이 온다』 45쪽 참조)

서술자는 '너'라는 말 건넴의 방식을 취함으로써, 마치 동호가 살아있는 듯이 상호주체성의 가짜 현재순간을 만들어 내고 있다. 그러나 '동호'는 죽고 없다. 살아있는 듯이 들리는 호명의 간극은 슬픔을 배가한다. 이처럼 돈호법은 간접적이고, 불안정

---

12. 멜리사 그레그(Melissa Gregg)·그레고리 시그워스(Gregory J. Seigworth), 같은 책, 162면.

하며, 물리적으로는 불가능하지만 현상적으로는 생명력을 불어넣는 수사적 활성화의 운동으로서, 주체로 하여금 타인들과 잠재적으로 동일한 정신적 공간을 점유하고 있다는 낙관주의 속에 잠시 머물도록 허용한다.[13]

동호를 상무관에 머물게 하는 것도, 노인을 이곳으로 달려오게 한 기저의 힘은 '설마' '혹시'하는 낙관이다. 어떻게 국가가 '애국'이란 이름으로 무고한 시민을 '빨갱이' 혹은 '폭도'로 몰아 살상을 자행하겠는가. 그러나 '광주'는 상식과 신뢰가 철저히 무너진 이해될 수 없는 '예외상태'였다.[14] "용서하지 않을 거다"는 노인의 절규는 그대로 동호의 목소리이다.

사랑하는 친구를, 손녀를, 자식을 잃은 '광주'를 담고 있는, 개인적인 슬픔과 자책이 지배적 정동으로 드러나는 삽화적 기억인 까닭에 섣부른 위로와 공감의 장을 마련하기가 힘들 정도이다. 죽어야 혹은 죽여야 할 이유가 없는 이 미친 죽음의 굿판에

13. 위의 책, 166면.

14. '예외상태'는 법률 차원에서는 이해될 수 없는 법률적 조치라는 역설적 상황에 놓이게 되며 어떤 법률적 형식도 가질 수 없는 것의 법률적 형식으로 나타나게 된다. 예외상태에 대한 정의를 어렵게 만드는 요인 중의 하나는 그것이 내전, 봉기, 레지스탕스와 밀접하게 관련되어 있다는 점이다. 조르조 아감벤(Giorgio Agamben), 김항 옮김,『예외상태』, 새물결, 2009, 14-15면.

서 동호는 이제 '눈을 감지 않고' 시신을, 현실을 직시한다. 낙관이 비관으로 스러져 가는 상무대에서 동호는 죽는 그 순간까지 생명의 촉수로 부끄러움을 지킨다. 이 경우 '부끄러움'은 인간이 지닌 감정 이상의 것이다. 인간과 존재의 만남을 고유한 장소로 하는 일종의 존재론적 감정인 부끄러움은[15] '광주'의 야만을 증언하는 영육의 반응이다.

소설 말미에 어렵게 배치되고 있는 6장 〈꽃 핀 쪽으로〉의 화자는 동호를 그리는 어머니이다. 여기서 잔혹한 낙관주의의 '환영'은 지속된다. "그 머시매를 따라갔다이"로 시작하는 이 장은 '동호'를 본 것 같은 화자의 환영에서 촉발하여 "네가 나한테 한번 와 준 것인디, 지나가는 모습이라도 한번 보여 줄라고 온 것인디"라는 확신으로 깊어진다. 당신 손으로 직접 묻은 자식인데, 그리움의 정동은 이승·저승, 몸·혼의 경계를 두지 않는다.

정동은 몸과 몸(인간, 비인간, 부분-신체, 그리고 다른 것들)을 지나는 강도에서 발견되며, 또 신체와 세계들 주위나 사이를 순환하거나 때로 그것들에 달라붙어 있는 울림에서 발견된다.[16]

---

15. 조르조 아감벤, 『아우슈비츠의 남은 자들』, 새물결, 2012, 159면.

16. 멜리사 그레그(Melissa Gregg)·그레고리 시그워스(Gregory J. Seigworth), 『정동이론』, 14면.

이러한 감정은 강도의 차이와 깊이(profondeur elevation)의 정도라는 두 가지로 설명할 수 있는 데 강도의 차이는 얼마나 우리를 사로잡는가에 달려 있고, 깊이의 정도는 감각과 감정, 사유의 풍부함에 있다.[17]

동호 어머니는 군부 정권의 폭압적 정권 탈취 과정에서 동호를 잃었는데 당신은 이를 자신이 상무관에 남은 동호를 끝내 데려오지 못했기 때문이라 자책한다. "어둠 속에서 군인들이 나타날 것 같아서, 이러다가 남은 아들마저 잃어버릴 것 같아서"라며 비밀, 죄를 토로하듯 어렵게 고백한다. 동호가 떠난 이후 남은 가족들의 삶도 흩어진다. 아버지는 병들고, 동생을 잃은 형들은 자책과 힐난으로 갈등하고 분열한다. 작은 형은 복수를 다짐하곤 한다. 어머니는 "나라에서 죽인 동생 원수를 무슨 수로 갚는다냐. 너까장 잘못되면 나도 따라 죽을 거이다"로 엄포를 놓으며 남은 아들을 지킨다. 살기 위해 동호를 잃은 슬픔과 분노를 삼켜야 한다. 남은 아들이 장성하고 모두 결혼하고 분가한 이후에 어머니는 뒤늦게 유족회 사람들과 어울리기도 하고 전두환이 마을을 방문하게 되었을 때 병들어 누워 있던 남편을

17. 앙리 베르크손, 최화 옮김, 『의식에 직접 주어진 것들에 관한 시론』, 아카넷, 2006, 38면.

깨워 격렬하게 시위에 동참하기도 한다. 그러나 그때 뿐, 동호를 잃은 상처는 시간이 갈수록 새록새록 더하다. (『소년이 온다』 190쪽 참조)

자식을 가슴에 묻은 어미는 삭신이 시리다. 동호가 지나간 흔적(trace)을 찾아 헤매다 어머니는 '펄펄 끓는 아스팔트' 속으로 들어가는 이상한 반응을 보인다. 그녀는 사랑의 대상(아들)을 상실한 데 대한 우울증을 앓는다. 따뜻한 것에 잠기려 하는 이상한 반응은 즉 '우울은 자아를 드러내는 필요한 반응이고 상실한 것에 대한 반응'[18]이라고 할 수 있다.

어머니의 기억 속에서 동호는 중학생 이후로 성장하지 않는 아이였다가 점점 어려진다. 여덟 살 때의 시인이다가, 마침내 품에 꼭 안을 수 있었던 젖먹이 아이로 돌아간다. 그 어떤 이데올로기의 이물이 끼어들 수 없어 완벽하게 행복했던, 동호와 엄마의 완벽한 이자관계를 형성했던 그 시절이다. "이상하게 생긴 젖꼭지를 순하디 순하게 빨아주었는디. 그래서 두 젖이 똑같이 보드랍게 늘어졌는디"의 살뜰한 기적을 안겨준 경험을 그리고 그 아들의 상실을 누가 무엇으로 대체할 수 있는가!

---

18. Judith Butler, *Psychic Life of Power : Theories in Subjection*(Stanford UP, 1997), p. 169.

잔혹한 낙관주의의 역설은 어머니의 아들 '동호'와의 추억에서 길어 올려진다. 나무 그늘이 햇빛을 가리는 것을 싫어한 어린 동호는 "엄마, 저쪽으로 가아, 기왕이면 햇빛 있는 데로. 못 이기는 척 나는 한없이 네 손에 끌려 걸어갔제"라고 말한다. 어머니의 상처도, 여생 또한 동호의 '환영'이 달래고 이끌어 줄 것이다. 동호는 내내 자라지 않고 어머니의 추억 속에서 살며 어머니를 밝은 곳으로 이끌 것이기 때문에 '광주'로 화해로운 것인가? 이보다 더 무책임하고 무감각한 지독한 낙관주의의 체념과 절망은 또 무엇인가.

집합적 기억인 '우리', 수치와 혐오

일인칭 화자 '나'의 시점으로 '광주'를 드러내는 장은 2장 〈검은 숨〉과 4장 〈쇠와 피〉이다. 2장 〈검은 숨〉의 화자 '나'는 '정대'이다. '정대'는 죽어 혼이 되어 자신과 학살된 사람들의 시신 유기 과정을 지켜본다. 4장 〈쇠와 피〉는 동지 '김진수'가 죽음을 당하여 그와 함께 한 시간을 회상하는 '나'의 증언으로 구성되어 있다. 이 경우 '집합적 기억'이라는 개념이 가능하다. 집합적 기억은 한 민족 집단이나 한 국가의 시민 집단과 같이, 개인들의 집합은 과거에 대해 어떤 공통적인 인식을 공유한다는 것이다. 이는 집단의 모든 구성원이 과거 사건들을 똑같은 방식으로 기억하는 것을 의미하지는 않고 공통적 인식이라는 표현을 쓸 수 있을 만큼 개인적 기억들 속에 중첩되는 인식이 충분히 다수 존재[19]한다는 것을 의미한다.

〈검은 숨〉과 〈쇠와 피〉는 내 것이나 내 것이 아니었던 몸의 시간, 구체적 폭력의 경험을 증언한다. '광주'는 느닷없이 발생한 폭력적 사건이다. 폭력이냐 아니냐의 구분은 '윤리적 상황의 개입'과 '목적과 수단의 관계'에서 간명하게 판단된다.[20] (『소년이 온다』 47~48쪽 참조)

〈검은 숨〉의 '정대'는 '발가벗은 몸'이다. 정대는 혼이 되어 자신의 주검을 바라보는 데 이 몸은 낯설어 기괴(uncanny)하다.[21]

---

19. 랜달 C. 지머슨, 민주화운동기념사업회 옮김, 『기록의 힘 : 기억, 설명책임성, 사회정의』, 291면.

20. 발터 벤야민, 최성만 옮김, 『역사의 개념에 대하여/폭력비판을 위하여/초현실주의 외』, 길, 2008, 80면.

21. 'uncanny'는 기괴한, 기분 나쁨의 뜻으로 표현된다. 우리말로 옮겨보면 '두려운 낯설음' '두려운 이상함' 정도가 될 것인데 두려운 낯설음이라는 감정은 공포감의 한 특이한 변종인데, 오래 전부터 알고 있었던 것, 오래 전부터 친숙했던 것에서 비롯하는 감정이다. 이러한 감정 발생의 중요한 조건을 옌취는 "지적인 불확실성" 사람들로

2인 1조의 군인들이 시신을 마치 '곡물 자루'를 운반하듯이 트럭에 함부로 담아와 '몸들의 탑'을 만들고, 그곳에 석유를 붓고 마른 덤불에 불을 붙여 시신을 태운다. 정대는 하얀 페인트로 얼굴을 지워 버린 사람들과 함께 태워진다. 몸이 타고 유골이 구별할 수 없이 뒤엉킨다. '정대'는 아무 죄 없이 국가의 폭력, 권력 쟁탈에 희생된 공적인 애도의 불가능성을 보여주는 존재 (homo sacer)이다. 산 것도 아닌 죽은 것도 아닌 존재, 정대는 식별 불가능한 구성적 외부이다.[22]

정동은 감각의 담지체 '몸'을 통해 작동되는 법인데, 사물을 제대로 볼 수도 없고 다가오는 혼을 느낄 뿐 만질 수도 없는 정대의 혼은 '누나'를 생각하자 놀랍게도 '고통'을 느낀다. 소설적 과장이라 생각할 수 있겠으나, 가능한 정동이다. 정대가 몸의 구속을 넘어 자유로운 영혼의 상태로서 그들에게 다가가고 싶다는 열망, 즉 '절단'과 통하는 부분이다. 통상 우리가 기대하는 운동이나 행동을 중단시키고 갑자기 예상치 못한 운동을 성

하여금 완전히 방향을 잃게 하는 것이라 정의한다. 프로이트, 정장진 옮김,『창조적인 작가와 몽상』, 열린책들, 1996, 100 – 103면.

22. '호모 사케르(homo sacer)'는 절대적인 살해 가능성에 노출된 생명, 법과 희생 제의의 영역 모두를 초월하는 어떤 폭력의 대상을 가리킨다. 181면. 조르조 아감벤 (Giorgio Agamben), 박진우 옮김,『호모 사케르』, 새물결, 2008.

립시키는 '절단'이라는 계기를 내포하고 있는 것이다. 마수미는 타자이기도 하고 자기이기도 한 특이한 신체성, '의사 - 신체성 (quasi-corporeality)'이 나타나는 이 지속성 없는 순간을 '사건'이라 부르며 '이미지 없는 신체' 그리고 의사 - 신체성이라는 두 개념으로 파악한다.[23] 촉각적 지각(자기수용감각성)이 자극과 반응의 회로를 매개하는 '중간영역'을 이루는 데 비해 이 '내장적 감각'은 자극과 반응의 회로에서 벗어나 '고통의 공간'을 개시한다. '이미지 없는 신체'는 촉각적 감각과 내장적 감각에 의해 뒷받침되어 독자적 시공간을 열고 불수의적 운동을 시작하는 데 '이미지 없는 신체'가 구성하는 운동은 그때까지의 자연적 시간의 흐름이나 운동의 흐름을 끊어낸다. 그것을 목격할 때 우리는 엄청난 정동(affection)의 촉발, 변용을 느끼고 받아들이고 다른 차원으로 우리를 이끈다.[24] (『소년이 온다』 50쪽 참조)

---

23. 이토 마모루, 김미정 옮김, 『정동의 힘』, 갈무리, 2016, 145쪽. '부분 - 주체' part-subject로 이중화된 공간 속의 신체운동을 특징짓는 것은 무엇일까. 마수미에 의하면 그것은 촉각적 감각(tactile sensibility)과 내장적 감각(visceral sensibility)이다. 촉각적 감각 혹은 자기수용감각성은 대상과 신체가 만날 때의 활동이나 경험을 양쪽 관계에 관련되는 근력의 기억으로 변환하는 것으로 기능 관습 마음가짐 같은 것의 누적적인 기억이다. 내장적 감각은 판단하고 반응하고 행동하는 신체운동 직전에 이미 신체=육체가 부지불식중 반응해 버리는 상태를 가리킨다. 의식이 명석하게 대상을 지각하기 전에 신체는 이미 촉발=변용하고 있는 것이다. 같은 책, 150-152면.

24. 위의 책, 152-153면.

누나에 대한 그리움은 한계를 넘어선다. 시체 더미에 깔려 있는 정대는 죽고 버려진 무리 안에서 죽음보다 더 지독한 외로움, 무서움, 두려움을 느낀다. 그리고 누나를 생각하다 이상하고 격렬한 힘에 사로잡힌다. 이 '낯선 힘'은 의문이다. '누가 누나를 죽였을까, 왜 죽였을까.' '왜 나를 죽였지. 왜 누나를 죽였지, 어떻게 죽였지' 이처럼 정대의 정동은 살아있는 몸과 죽은 몸의 간극에서 발현한다. 순식간에 찾아온 죽음은 빛나는 모든 것을 앗아갔다. 정대는 자신의 몸이 부패하여 지독한 냄새가 난다는 것을 군인들의 찌푸린 미간과 텅 빈 눈을 보며 깨닫고 '수치'를 느낀다. 수치는 죽음 이후에도 지속되는 감정이다.[25] 자신의 처지와는 달리 머리에 친친 붕대를 두른, 누군가의 손길이 남아 있는 한없이 고귀해 보이는 몸을 가진 환자복을 입은 젊은 남자의 시신을 보며 '이상한 슬픔' '질투' '부끄러움' '증오'를 느낀다. '고깃덩어리' 같은 자신의 몸과 똑같이 악취를 뿜으며 썩어가는 더러운 얼굴들을 증오한다. (『소년이 온다』 55쪽 참조)

수치심은 자신의 본질적 배경으로 자존감을 요구한다. 즉 자

---

25. 프리모 레비는 수치에 대해 말하면서 타인의 시선에 의해 수치의 씨앗이 뿌려진다고 하며, 수치의 전염성에 대해 말한다. "수치의 쓰기", 『정동이론』, 갈무리, 2015, 156~157면.

신이 무가치하거나 불완전함을 인정하기를 꺼리거나 감추는 것은 오직 자신이 가치가 있거나 심지어 완벽하다고 기대하기 때문이다.[26] 배설물만큼이나 혐오의 중심에 있는 '시체'[27], 그것도 '수십 개의 다리가 달린 괴물의 시체처럼 한 덩어리'에 엉켜 짓눌려 있는 정대의 기괴한 몸은 불에 타서 사라졌으나 정대의 혼은 수치와 모멸 그리고 누나에 대한 그리움으로 잠들지 못하고 떠돈다.

〈쇠와 피〉의 '나'는 이름을 드러내지 않은 유일한 작중 인물로 '광주'를 겪고 살아남은 자이다. '나'는 자살로 생을 마감한 '김진수'의 심리적 부검을 위해 '광주'를 증언하라는 '윤'의 요구에 직면한다. '나'는 스물 세 살의 교대 복학생일 때 상무대에서 김진수를 알게 되었고 그와 함께 잡혀가 고문을 당한다. 출감 이후에도 그와 종종 만나며 서로를 위로하며 지낸다. 철창살로 막힌 다섯 개의 방들이 부채꼴로 펼쳐져 있는 그곳은 총을 멘 군인들이 중앙에서 감시하는 좁은 지옥 같은 곳이다. 남자만 아흔 명이 갇혀 있는 이곳에서는 매일매일 정좌한 자세로 움직여서도, 대화를 해서도 안 되며 날마다 고문과 폭력이 자행

---

26. 마샤 누스바움, 조형준 옮김, 『감정의 격동』, 새물결, 2015, 360면.

27. 마사 너스바움, 조계원 옮김, 『혐오와 수치심』, 민음사, 2015. 169면.

된다. 매일매일 같은 곳을 고문하기에 피와 진물이 흐르다 하얀 뼈가 드러나고, 소총의 개머리판이 얼굴을 향해 오고, 군화가 등과 허리, 정강이를 짓이기는 행위를 경험한다. 오줌이라도 받아 마시고 싶었던 동물적인 갈증, 갑자기 졸게 될지 모르는 공포, 그래서 눈꺼풀에 담뱃불을 문지를 거라는 공포, 꺼진 눈두덩에 이마에 정수리에 뒷덜미에 희부연 흡반처럼 끈질기게 달라붙어 있던 배고픔이 혼을 빨아들여 터뜨려질 것 같던 아득한 순간들을 생생하게 기억한다. 이 시간들이 남긴 치명적인 상처는 자신에 대한 '혐오'이다.[28] (『소년이 온다』 107쪽 참조)

집단적 수감 동안 가장 고통스러운 경험은 '인간'에서 '짐승'으로 추락하는 모습을 서로 지켜봐야 했다는 사실이다. 배고픔에 시달리며 오직 먹는 것에 집착하고 먹는 것으로 싸우는 광경을 지켜봐야 했던 그들을 사로잡는 정동은 '혐오'이다.

혐오는 일차적으로 이물질을 수용하는 주된 경계인 '입'을 통하여 발생하는데 "먹는 것이 곧 당신이 된다 저열한 것을 섭취하면 당신의 가치도 저하된다"라는 사고가 수반[29]된다. 저열한

---

28. "수용소 자체가 배고픔이다. 우리 자신이 배고픔, 살아있는 배고픔이다." 프리모 레비, 『이것이 인간인가』, 돌베개, 2012, 111면.

29. 마사 너스바움(Martha C. Nussbaum), 조계원 옮김, 『혐오와 수치심』, 민음사, 2015, 168-169면.

것을 놓고 다투는 그들은 이미 예전에 죽기를 각오한 '투사'도 '인간'도 아니다. 모든 혐오의 기반은 '굶주린 짐승 같은 더러운 몸뚱어리들'인 그들 자신에게서 비롯하는데, 혐오는 '동화될 수 없는 타자성을 거부하는 자기주장의 고조' '오염물로 평가되며 자신과 극심하게 동떨어져 있는' '대상과의 원치 않는 가까움'에 대한 거절이다. 우리가 살아가고 죽는 것은 우리 자신을 불신하고 이웃을 두려워하게 만드는 물질과 냄새를 내뿜는 지저분한 과정[30]이라는 주장은 이 경우 처절한 진실 혹은 사실이다.

그곳에 갇힌 사람들은 거의 비슷한 고문(비녀 꽂기, 통닭구이, 물고문, 전기고문, 각본에 따른 자백 강요)을 겪었는데 김진수는 이에 성폭력까지 당한다. 혐오는 '접촉적인' 감각으로 간주되는 세 가지 감각(촉각 후각 미각)과 밀접하게 연관되며 혐오스러운 대상은 모든 위험이 제거된다 할지라도 여전히 혐오스러운 것으로 남는다.[31] 그들은 김진수의 '성기를 꺼내 탁자에 올려놓게 하고, 나무 자로 내려치겠다며 위협'하며 몸을 묶고 하체를 발가벗겨 밤새 벌레들이 성기를 물게 한다. 이는 김진수를 내내 파먹는 상처로 남는다. '나' 또한 손톱과 발톱 속으로 그들이 송

---

30. 위의 책, 166-171면.
31. 위의 책, 169-174면.

곳을 꽂아 넣을 때 숨, 들이쉬고, 뱉고, 제발, 그만, 잘못했습니다, 빌고 또 빈 굴욕스러운 고문의 기억에서 헤어나지 못한다.

무차별적인 고문의 후유증은 김진수와 '나'의 삶을 균질화한다. 둘 다 학교로 돌아가지 못했고, 가족의 신세를 지며 생계를 이어가고, 김진수는 만성 두통에 '나'는 '원인 없는 치통'을 안고 산다. 둘은 독한 술로 고통을 잊으려 하나 술은 '아무것'도 잊게 해주지 않는다. 술을 통한 일시적 감정은 진실하지 못하고 몸의 진정한 과거와 연결되어 있지 않기 때문에, 그 효과가 한시적일 수밖에 없다.[32] 만성질병으로 인한 통증의 지속은 삶의 괴로움으로 이어지며 따라서 총체적 삶의 태도와 인격의 온전함에 위협적인 요소로서 영향을 미친다.[33]

김진수의 '두통'은 몸이 보내는 정동의 신호이다. 다시 말하면 두통은 정신 병리적, 신체 병리적 기반 위에서 자주 설명되

---

32. 앨리스 밀러(Alice Miller), 『폭력의 기억』, 양철북, 2006. 151면.

33. 한스 게오르그 가다머(Hans-Georg Gadamer), 『고통』, 철학과 현실사, 2005. 73면. 가다머는 의료인들이 환자의 통증을 신체적으로 주어진 단지 제거해야 할 그 어떤 것이 아니라, 전체적인 삶과 인격에 영향을 미치는 신체적인 상태로서 이해해야 한다고 강조한다. 의료인은 환자에게 자신의 통증 경험을 자아 인식의 기회로 파악할 수 있게, 환자에게 통증의 전 과정을 스스로 이해하고 반응할 수 있도록 도와주어야 한다. 의료인은 환자가 그의 질병의 통증으로 인한 고통의 전 과정을 인식하고 표현하게 하여 위협받는 인격의 온전함을 회복시켜 주는 데에 관심을 기울여야 한다고 강조한다.

는 것으로 정신 자율신경계의 통증으로 인한 착란은 우울증과
도 자주 관련된다. 특히 감정으로 보상된다는 의미에서 통증은
자기 스스로는 전혀 혹은 거의 지각하지 못하는 우울증의 정서
로 나타난다. 따라서 이것을 '잠복 중인(Larvierte) 우울증'이라
고 하는 것이다.

십 년을 불면과 악몽, 진통제로 힘들게 버텨 가던 두 사람은
서로를 경멸하게 되고, 주변 사람 모두를 지치게 한다. 그러다
김진수는 '자살(suicide)'하고 만다. 이는 증오와 공격성이 외부
로 향하지 않고 자신 속으로 내향화된 것으로 일종의 전도되고
이전된 살해라고 할 수 있다.[34] (『소년이 온다』 134쪽 참조)

폭력의 전율은 정상 혹은 이상, 이성 혹은 광기와 같은 근대
적 인간주의의 전제가 되었던 이분법이 근저에서부터 무너지
고 있다는 점이다.[35] 총구 앞에서 강제적으로 모든 개인의 존엄
성이 훼손되어 죽음으로 균질화 되어 갔던 것이 여전히 지속되
고 있다는 것이다. '나'의 질문이 주목됨은 폭력의 해법을 자신

---

34. 프로이드는 1916년에 발표한 『슬픔과 우울증(Mourning and Melancholia)』에서
자살을 정의하고 있다. 자기 자신을 죽이고자 하는 욕망이 원초적으로 죽이고자 하
는 욕망이라면 그 자살이 간직한 비밀의 이면은 곧 '살해하고자 하는 욕망'이 아닌가
한다. 이진홍, 『자살』, 살림, 2006, 42~43면.

35. 우에노 나리토시, 정기문 옮김, 『폭력』, 산지니, 2014, 27면.

을 가둔 함정인 폭력에서 벗어나 인간의 본질, 폭력의 근원에서 찾으려 한다는 점에서 시사적이다. '폭력'은 '광주'에 그친 것이 아니고 계속 발생하고 있는 질병이고 유전자 같은 것(베트남전에 파견한 한국군의 만행, 제주도 관동 난징 보스니아 모든 신대륙에 유전자에 새겨진 듯한 동일한 잔인성)이다. 이에 대한 무지, 외면 즉 정동되지 않는 것은 '죽음'을 연상하게 한다.

개인의 파편적 혹은 직간접적 경험인 '삽화적 기억'과 우리로 묶어지는 무리 혹은 참여자들의 '집단적 기억'은 '광주'의 상처를 개인의 몫으로 축소하고 기억을 게토화하고 한정짓는 한계를 드러낸다. 개인의 고유한 불행이거나, 사회 부적응자의 넋두리로 전락할 위험이 항시 존재하는 것이다. 이것이야말로 주객이 전도된 또 다른 '폭력'의 이면이 아닐까. 기억의 역사적 공론화 작업, 이에 따른 정동의 거리가 요구된다.

역사적 기억과 '당신', 연민과 성찰

3장 〈일곱 개의 뺨〉과 5장 〈밤의 눈동자〉는 광주 이후 살아남은 두 여성의 삶을 조망하고 있다. 기억의 역사적 의미, 미래를 위한 기억의 보존적 가치를 '투사'였던 두 여성의 상처와 극복, 정동의 전환적 자세와 연결하여 탐문하고 있다. 역사 연구는 유물, 보존 기록 문서들, 그리고 개인적 기억과 집합적 기억에 대한 반대 균형을 잡아 주는 개인의 증언과 같은 증거를 채택한다. 역사적 기억은 증거와 분석에 기반한 과거의 해석을 통해 생겨난다.[36] 이 두 장에 이르러 동호와 정대 그리고 '김진수'가 죽음으로 남겼던 질문, 인간의 폭력성과 아무 것도 아닌 존재로 추락할 수 있는 취약한 우리 존재의 현실에 대한 성찰적 답변을 마련하고 있다.

3장 〈일곱 개의 뺨〉의 주인물 '그녀'는 동호와 김진수 등과 함께 상무관에 머물며 시신을 돌보던 수피아 여고 3학년 김은숙이다. 소설은 그녀가 검열관에게 뺨을 일곱 대 맞는 사건으로 시작한다. 김은숙은 대학을 중퇴하고 작은 출판사에서 교정을 보며 살아가는 데 은숙이 인터뷰한 문제의 번역자를 찾기 위해 검열관은 그녀에게 폭력을 행사한다. "개 같은 년. 너 같은 년은 여기서 어떻게 돼도 아무도 몰라. 쥐새끼 같은 년" "쥐도 새도 모르게 죽기 싫으면 내 말 들어. 그 새끼 어딨어"라는 협박과

---

36. 랜달 C. 지머슨, 민주화운동기념사업회 옮김, 『기록의 힘』, 민주화운동기념사업회, 2016, 300면.

함께 그녀가 뺨 일곱 대를 맞는 생생한 과정은 '광주' 이후 아니 그 이전부터 지속되고 있는 폭력의 현주소를 환기한다.

은숙은 일곱 대의 뺨을 기억하려고 한다. 뺨을 맞으며 '피할 수도 없고 저항할 수도' 없이 당하는 자신에게 무기력과 공포, 수치심을 느낀다. 수치심은 폭력을 당하는 모든 사람이 느끼는 공통의 감정이다. 수치심에는 죄책감, 당황, 유감, 양심의 가책, 굴욕, 후회, 치욕, 회한 등의 감정이 포함된다. 거기에 열등감(콤플렉스), 자기혐오, 분노, 억울함 등이 추가된다.[37] 은숙이 기억하는 한 삶은 폭력의 연속이다. 출판물을 검열받기 위해 시청 검열과를 통과할 때 사복 경찰의 검문 검열과 출판사 직원이 백을 뒤적여 생리대가 들어 있는 헝겊 주머니를 만지작거리는 것을 견뎌야 한다. 잉크에 담근 룰러로 지워져서 삼각기둥과 흡사한 형상으로 변한 검열본과 4년 전 학생 식당에 버젓이 걸려있던 무감각의 잔인성, 살인을 숨긴 전두환의 얼굴, 내면이 닮았음도 확인한다.

폭력의 후유증은 크다. 은숙은 이 사건으로 평소에 신뢰하고 존경하던 사장이자 편집장인 그를 의심하기도 하다. 분열하던

---

37. 김찬호, 『모멸감 - 굴욕과 존엄의 감정사회학』, 문학과 지성사, 2014, 56면.

은숙을 세운 것은 서 선생이다. 그는 "책이 못 나온다 해도 공연은 올릴 겁니다. 같은 사람들이 대본 검열을 할 테니까, 문제됐던 부분은 삭제하든지 고치든지 해서 일단 통과시켜야죠"라고 말하며 '사람 좋은 웃음'을 짓는데 은숙은 그를 보며 뺨을 맞아도 나오지 않던 눈물[38]을 흘린다. 여기서 눈물은 신뢰 회복, 관계 회복이란 맥락적 의미를 갖는다.

은숙을 움직이는 깊은 정동, 그녀의 배후 감정은 진수 오빠를 비롯한 도청을 지켰던 그들에게서 느꼈던 숭고한 감정이다. 그때 '죽어도 좋다고 생각했지만, 동시에 죽음을 피하고 싶어' 도청을 떠나라는 진수 오빠의 말을 따랐고, 살아남았다. 그때 '땀에 젖은 셔츠에 카빈 소총을 맨 진수오빠가 여자들에게 인사하기 위해 웃어 보였을 때' '어두운 길을 되밟아 도청으로 돌아가는 그들의 뒷모습을 얼어붙은 듯 지켜보았을 때' 아니, '도청을 나오기 전 너를 봤을 때' 은숙의 영혼은 부서진다. 은숙의 지속된 저항역량은 더 큰 죽음을 맞기 위해 죽어도 좋다고 각오했던 이타적 인간들 속에서 생산된 정동의 힘이다. 숭고한 희생, 배

---

38. 마사 너스바움(Martha C. Nussbaum), 조계원 옮김, 『혐오와 수치심』, 민음사, 2015. 169. 인간의 신체 분비물 중에서 눈물만이 혐오를 유발하지 않는 이유는, 추정컨대 눈물이 유일하게 인간적인 것으로 생각되기 때문일 것이다. 우리는 눈물을 통해 우리가 동물과 같은 존재라는 사실을 떠올리지 않는다는 것이다.

려, 책임을 가진 그들에게서 받은 감동은 그녀의 동력이다.

감정 연구가 개인의 내면세계로만 침잠해 들어갈 때 감정이 지닌 폭발적이고 역동적인 힘을 사회적 차원으로 전환하지 못하는 한계를 드러내게 된다. 감정 역시 행위의 한 동인이 되어, 사회와 문화에 영향을 미칠 수 있다. 행위자 자신의 생애 경험과 문화적 배경에 따라 달리 형성되는 배후 감정(background emotion)과 배후 감정이 지향하는 시간성(과거 또는 현재)과 대상(자신 또는 사회)에 따라 감정동학의 방향이 달라지고 따라서 행위자들도 서로 다른 행위양식을 드러낸다. 감정은 과거에 속박되는 것이 아니라 현재의 삶을 살아가고 미래를 기획하게 하는 감정적 행위 주체를 만들어내는 요소가 된다.[39]

편집장은 수배 중인 번역자의 이름 대신 친척 이름으로 다시 검열 받아 정작 두 문단만 삭제된 채 책을 인쇄소에 넘기는 기지를 발휘한다. 신간은 군중을 주제로 한 인문서적으로 이타성과 용기, 숭고와 야만의 경계에서 흔들리는 군중의 도덕성 문

---

39. 맥락성 상황성 관계성을 강조하는 '감정적 사회학'(emotional sociology)에서 중요한 것은 '감정동학'(emotional dynamics)이다. 감정동학은 행위자가 처한 상황적 관계적 맥락 속에 서 감정적 행위의 주체로서 행위를 전개함에 따라 발생하는 역동적 과정이다. 박형신·정수남, 『감정은 사회를 어떻게 움직이는가』, 한길사, 2015, 40-45면.

제를 탐구하고 있는 문제작이다. 삭제된 문장은 "그렇다면 우리에게 남는 질문은 이것이다. 인간은 무엇인가. 인간이 무엇이지 않기 위해 우리는 무엇을 해야 하는가"라는 것인데, 이는 다성적 울림을 갖는다. 이는 김진수가 죽음으로 남긴 질문, "인간은, 근본적으로 잔인한 존재인 것입니까? 우리는 존엄하다는 착각 속에 살고 있을 뿐, 언제든 아무것도 아닌 것, 벌레, 짐승, 고름과 진물의 덩어리로 변할 수 있는 겁니까?"를 이은 최대치의 질문, 보다 완성된 질문이라고 볼 수 있기 때문이다.[40] 편집장은 좌절하지 않고 세계와 인간 실존에 대한 상호작용을 끝없이 지속하며 정대와 김진수, 김은숙이 품었던 질문에 대한 해답을 출판 문화계 사람들과 더불어 찾아가고 있다. 서선생 또한 대본을 수정하여 연극무대에 올린다. 결국, 고통을 덜어내고 기쁨과 행복을 누릴 수 있는 사회적 관계는 어떻게 설정되어야 하는가에 대한 정치적 실천의 문제인 것이다.[41]

연극은 "당신이 죽은 뒤 장례식을 치르지 못해, 내 삶이 장

---

40. 한강은 인터뷰에서 "… 그렇게 해서 어떻게든 질문을 완성시켜놓으면 그것이 곧 대답이 되어줄 수도 있다고 생각합니다."라며 대답하는 소설보다 질문하는 소설을 쓰고 싶다고 밝힌 바 있다. 강계숙, 한강, 「작가 인터뷰 – 삶의 숨과 죽음의 숨 사이에서」, 『문학과 사회』 23(1), 문학과 지성사, 2010. 2, 337면.

41. 앞의 책, 박형신·정수남, 『감정은 사회를 어떻게 움직이는가』, 53면.

례식이 되었습니다"로 시작하는데 마치 소포클레스의 〈안티고네〉를 연상하게 한다. 알듯이 '안티고네'는 국가의 법에 저항하여 모든 인간은 죽은 뒤 매장될 권리가 있다고 신의 법을 주장한 여성이다.[42] 합당한 장례를 금하는 칙령을 거부하며 오빠의 시신을 두 번이나 매장하고, 크레온의 벌에 저항하며 자살한다. 안티고네의 우울증은 슬퍼할 권리를 주장하는 공적인 언어를 통해 획득되는 애도를 거부당함으로써 발생한 것이다.[43] 안티고네의 우울은 은숙의 슬픔이고, '광주'에 혈육을 잃고 공적 애도를 빼앗긴 우리들의 비극이다. 연극은 '광주'의 슬픔을 재연한다. 연극 무대를 꽉 채운 '노파'와 '소년'은 아들을 잃은 동호 어머니와 동호를 연상하게 한다. 연극 무대는 집단적 애도를 공적으로 수행하는 공간이다. 이처럼 역사를 불러오는 일, 표상의 전통 속에서 의식적으로 억압된 민중, 민중의 '감정'을 불러오는 일이야말로 미적인 것, 이미지의 가장 고유한 임무이자 권능이다.[44]

---

42. 조현준, 『주디스 버틀러의 젠더 정체성 이론』, 한국학술정보(주), 2007, 251면.

43. 프로이드의 구분에 의하면 애도는 사랑하던 사람을 잃었을 때 애정의 리비도를 거두어들이는 고통스럽지만 정상적인 상징적 작용인 반면, 우울증은 이 리비도를 자신의 내면에 합체해서 과거에 사랑했던 사람에 대한 감정을 스스로에게 발산하는 병리적인 상황을 말한다. 위의 책, 258면.

44. 이나라, "민중과 민중(들)의 이미지: 디디 위베르만의 이미지론에서 민중의 문

은숙은 '장면 관찰자'이자 '장면 구성자'로서 전체 그림의 한 부분인 관객으로[45] 동호의 애도식에 참여한다. 은숙은 용기 있는 선한 민중인 출판 문화계 인사와 더불어 '광주'를 증언하고 위로하는 일에 동참하며 상처를 극복해 간다. 은숙은 '뜨거운 고름 같은 눈물'을 닦지 않은 채 '소년'의 얼굴을 '응시'한다. 응시는 트라우마를 극복하려고 실천적 의미이다.

5장 〈밤의 눈동자〉에서 서술자는 임선주를 '당신'이라고 부른다. 김은숙을 '그녀'라고 부른 것과는 대비적이다. 먼저, 나이 많은 임선주에 대한 존중의 뜻으로 해석할 수 있다. 텍스트의 맥락을 따를 때 '당신'은 '그녀'와 대비적인 표현이다. 다시 말하면 임선주는 3인칭 '그녀'에 포섭될 수 없음을 드러내는 일종의 어법적 시점이다.[46] 서술자는 임선주의 옷차림과 중성적 용모를 강조한다. 짧은 머리, 청바지에 군청색 운동화, 팔꿈치를

제", 『美學』, 제 81권 1호, 2015년 3월, 276면.

45. Oscar G. Brockett, 김윤철 역, 『演劇槪論』, 한신문화사, 1994, 22 - 24면.

46. 이인칭 소설의 한 유형인 '주인공으로서의 '너/당신'과 스토리 밖의 서술자'에 해당하는 데 앞에서 밝혔듯이 이 경우는 삼인칭 시점과 같다. 이 유형의 이인칭 소설의 서술 구조는 삼인칭 선택적 전지의 시점이나 삼인칭 관찰자의 시점만이 존재한다. 관찰자의 시점과 선택적 전지의 시점이 섞여서 서술의 농담적 효과를 낸다. 이미란, "이인칭 소설의 창작유형 연구 - '너/당신'의 정체성과 서술자의 위치를 중심으로", 한국언어문학 제71집, 2009, 424면.

덮을 만큼 긴소매를 입은 '당신'은 그 중성적인 차림에도 불구하고 예민한 인상의 소유자이다. (『소년이 온다』 167쪽 참조)

　임선주는 '광주'를 치루며 참혹한 성고문을 당하고 그 후유증으로 여성성을 상실한다. 임선주를 향한 서술자의 호칭 '당신'은 두려움을 극복하고 현장을 지켰던 임선주에 대한 존경이자 그녀가 잃은 여성을 향한 애도이다. 자궁의 훼손과 성적 수치감은 선주에게서 정상적인 삶을 앗아갔다. 그녀는 이혼하고 혼자 살면서 자신의 과거를 숨기고 오직 일만 하며 지낸다. 그녀는 십여 년 전 '광주'의 상처, 고문 경험을 증언하길 요구하는 성희 언니에게 화를 내고 곁을 떠나면서 사람들과의 인연도 끊는다.

　소설은 '당신'이 성희 언니가 아프다는 사실을 알고, 그녀와 통화 후 언니를 만나겠다고 결심하고, '윤'의 제안도 받아들이려는 과정을 담고 있다. 5장은 19시부터 그 다음 날 새벽 5시까지의 시간을 주목하고 있는데 이는 임선주가 오랜 침묵을 깨고 자신의 치욕스러운 상처를 증언, 구술하여 녹음 파일을 만들어 전송하겠다고 결심하는 긴박한 여정이다. 여기서 긴박함이란 성희 언니가 위독한 상황이라 임선주가 더는 증언을 지연할 수 없다고 느끼는 심리적 강도를 말함이다. 임선주는 중학교를 졸업하지 못한 여공 출신이다. 선주가 어린 여공이었을 때 "우리들은 고귀해"라며 노동자들의 인권 의식을 환기하고 독려해 주던 성희 언니를 만났고 언니의 가르침은 그대로 선주의 삶, 투쟁 이력으로 연결되었다. 성희 언니, 임선주를 통하여 우리는 '광주'에서 볼 수 있었던 민중들의 담대한 저항, 죽음을 두려워하지 않는 확신에 찬 저항이 그 이전부터 지속된 자세임을 알 수 있다.

몸을 아끼지 않고 대의를 위하여 '여성'과 '부끄러움'을 버리는 것은 여공시절 민주 노조를 위하여 투쟁할 때 '성희' 언니로부터 부여받은 명령이기도 하다.[47] '당신'은 성고문을 증언하라는 성희 언니의 요구를 거절하고 돌아서며 언니를 배신한 것이라 스스로 책망하며 살았으나 '당신'은 변하지 않고 자신의 자리를 지켰다. 그녀는 현재진행형인 또 다른 광주들, 즉 '서서히 죽이는 것들'(반감기가 긴 방사능 물질들, 이미 금지되지만 사용되고 있거나 앞으로 금지시켜야 할 첨가물들, 암과 백혈병을 유발하는 산업용 독성 물질들, 농약과 화학비료들. 생태계를 파괴하는 토

---

47. 박정희 정권의 인권유린과 착취적 구조, 노조 탄압에 저항해 여공들 수백 명이 부끄러움을 벗고 몸을 던졌으나 경찰들은 벌거벗은 여공들의 몸을 마구 때리고 짓밟았다. 여성을 버리며 여성을 무기화할 수 있으리라 생각했으나 무참하게 짓밟힌다. 의식화 조직화 과정에서 여성노동자들은 자신이 여성이라는 것에 앞서 노동자임을 인식해야 했으며 중성적 투사(同志)라는 담론들에 의해 주체화되었다. 김원, 『여공 1970 그녀들의 反역사』, 이매진, 2005, 425면.

목 사업들)의 자료를 모으고 증언을 정리, 기록하는 일을 하며 산다. 임선주는 기록보관인(archivist)의 삶을 살고 있다.

베르그송은 지속과 정체의 관계를 언급하며 진정으로 지속하는 것은 계속해서 자기 자신임을 유지하는 것이라 말한다. 사실 모든 운동은 타자화하는 과정을 수반한다. 그러나 지속은 그러한 타자화에도 불구하고 자기동일성을 잃지 않는 운동이다. 진정으로 지속하는 것은 종국에 가서는 자기 자신임을 잃어버리는 물질적 지속을 넘어서서 한사코 자기동일성을 버리지 않고 운동했음에도 불구하고 계속해서 자기 자신임을 유지하는 것이다.[48]

성고문을 당한 이후 '비통'에 젖은 선주는 자신의 상처를 말하는 대신에 사적세계에 숨어들거나 냉소주의나 분노로 자신을 표현해왔다.[49] 자신을 숨기고 일만 하고 지내는 시간 동안 '당신'의 자존감은 한 없이 옅어지고 피해자라는 의식에 갇힌다. 그러나 건강 위기에 처한 성희 언니에 대한 깊은 '연민'은 선주가 자신의 시간과 상처를 기꺼이 껴안도록 작동한다. 연민은 고

---

48. 앙리 베르크손, 최화 옮김, 『의식에 직접 주어진 것들에 관한 시론』, 2006, 314면.

49. 파커 J. 파머(Parker J. Palmer), 김찬호 옮김, 『비통한 자들을 위한 정치학』, 글항아리, 2011, 113면.

통에 대한 자각과 상대방이 고통을 당해서는 안 된다는 믿음과 그 고통에 대한 깊은 공감에서 비롯한다. 그리고 '진정한 연민'은 '사태를 바로 잡으려는 시도'로 나아간다.[50]

성희 언니의 희생과 그녀 생에 대한 연민은 선주의 두려움을 사라지게 한다. 진정한 연민은 고통을 두려워하기보다는, 욕망하는 데에서 성립[51]한다. 연민의 본질은 낮아지려는 열망이다. 이 고통스러운 열망은 스스로의 자기 평가에서 우리를 높여주고, 우리 자신이 우월하다는 것을 스스로 느끼게 해주기 때문이다. 연민의 증가하는 강도는 따라서 질적인 진전, 즉 혐오에서 두려움으로, 두려움에서 공감으로 그리고 공감 자체에서 겸손함으로의 이행에서 성립하는 것이다.

역사에 대한 지식을 '관계'로서 추구한다는 생각은 소중하다. 동지들과의 신뢰 회복 지난 시간에 대한 정당한 평가와 확신은 이런 맥락에서 중요하다. 결국 '역사에 대한 진지함'이란 역사적 사건에 관여한 사람들, 그 사건의 기록이나 표현에 관여한 사람들, 그리고 그 표현을 보고 듣고 읽은 사람들 사이의 관

---

50. 마샤 누스바움, 조형준 옮김, 『감정의 격동2 연민』, 새물결, 2015, 568면.
51. 앙리 베르크손, 최화 옮김, 『의식에 직접 주어진 것들에 관한 시론』, 아카넷, 2006, 39-40면.

계를 통해 표현되는 어떤 것이다.[52] 역사적 기억은 보존 기록 기억(문서들)과 개인적 기억(목격자 진술과 구술사)의 토대 위에서 구축되는 데 '진짜 증거'를 제공하기 위해 '구술 전달'은 살아있는 전통과 그것의 실연하는 것 혹은 표현하는 것과의 밀접한 연결을 필요로 한다. 임선주의 구술 증언은 이러한 중대한 의미를 갖는 것이다. '당신'은 다시 개인적 부끄러움을 던져 기억을 보충하고자 한다.

"우리가 희생자가 되도록 내버려 둬서는 안 돼!"라는 성희 언니의 절규는 '광주'의 기억과 정동의 새로운 전환을 촉구하는 준엄한 명령이다. 개인의 상처와 수치와 모멸의 경험에 묻혀 피해자로서 세상과 단절되어 우울에 젖어 산다면 이것이야말로 '광주'의 유령에 들린 삶이고 '광주'가 던진 폭력에 무차별적으로 균질화되는 것이다. 임선주의 증언 결심이 성희 언니를 향한 깊은 연민에서 비롯한 것이고 그것은 성희 언니의 지난 삶·시간에 대한 존경과 정당한 평가에서 생성되고 있다는 사실은 시사적 의미를 갖는다. '광주'에 민주 투사 당신들이 있었기에 엄청난 희생을 막을 수 있었고 민주주의를 지킬 수 있었다는 자

52. 테사 모리스 - 스즈키(Tessa Morris-Suzuki) 김경원 옮김, 『우리 안의 과거』, 휴머니스트, 2006, 329면.

명한 사실을 재인식하여 내면화하고 행동으로 드러내야 한다. 이것이야 말로 우리가 회복하여야 할 성찰적 감정이고 정동적 전환이다. 성찰적 감정(reflective emotion)은 타인과의 관계를 '두껍게' 이해하려는 감각이자 더 민주적이고 수평적으로 관계를 도모하려는 아비투스이다.[53]

총구에서 나온 권력, 폭력은 정당화(justification)될 수 있지만 결코 정당성(legitimacy)을 가질 수 없음을[54] 증명할 수 있는 길은 그 과정을 생생하게 기억하고 증언하는 것이다. 그래야 또 다른 '광주'를 막을 수 있다. 그럴 때 요세프 에루살미(Yosef Yerushalmi) 질문 "잊기의 반대말은 기억하기가 아니라 정의라는 게 가능한가?"가 '가능'하다고 생각된다.

나오며

한강은 『소년이 온다』를 통하여 무감의 시대 논리를 거스르며 '광주' 재현의 궁극적 의미를 '기억'과 '정동'의 상호작용에

---

53. 박형신·정수남, 『감정은 사회를 어떻게 움직이는가』, (한길사, 2015) 54면.
54. 한나 아렌트(Hannah Arendt)·김정한 옮김, 『폭력의 세기』, 이후, 1999. 84 – 85면.

서 찾고자 한다. 이에 관계시학인 시점을 서사 전략으로 매개하며 '광주'를 내밀하게 복원한다. 우리가 한강의 『소년이 온다』를 통해 '광주'를 다시 경험하고, 기억하며, 공감하는 시간을 확보하게 되는 것이다. 기억은 크게 세 가지로 구분된다. 삽화적 기억(1장과 6장), 집단적 기억(2장과 4장), 역사적 기억(3장과 5장)인데 주체/대상, 화자/청자의 관계에 따라 상이한 '정동'의 양상을 펼쳐낸다.

1장 〈어린 새〉와 6장 〈꽃 핀 쪽으로〉는 '동호'를 주인공/초점화자로 삼아 '너'라고 부르며 이야기하는 이인칭 서술이다. 동호와 동호 엄마의 기억은 개인적 기억 중에 삽화적(episodic) 기억에 속한다. 삽화적 기억은 개인 자신의 삶에 있는 에피소드나 마음 상태에 대한 자발적인 혹은 비자발적인 상기(recall)에 기반한(실제적이거나 혹은 상상된), 직접적인 개인의 경험의 회상(recollection)을 망라한다. 친구와 아들을 졸지에 잃은 그들을 견디게 하는 것은 '잔혹한 낙관주의'란 정동으로 드러낸다. 실현이 불가능하여 순전히 환상에 불과하거나, 혹은 너무나 가능하여 중독성이 있는 타협된 혹은 공동약속된(compromised) 가능성은 조건에 대한 애착 관계를 이르는 말이다. 대상 자체가 삶을 연속시키는 조건으로 작용하기에 포기하지 못한다는 점에서 '잔혹하다'고 할 수 있다. 개인의 파편적 혹은 직간접적 경험인 '삽화적 기억'은 공유와 공감이 불가능한 개인의 불행으로 드러난다.

2장 〈검은 숨〉과 4장 〈쇠와 피〉는 일인칭 화자 '나'의 시점으로 '광주'를 드러낸다. 2장 〈검은 숨〉의 '나'는 정대이다. 정대는 죽어 혼이 되어 자신과 학살된 사람들의 시신 유기과정을 보고 있다. 4장 〈쇠와 피〉는 동지 '김진수'의 죽음을 당하여 그와 함께 한 시간을 회상하는 '나'의 증언으로 구성되어 있다. 이 경우 '집합적 기억'이라는 개념이 가능하다. 집합적 기억은 한 민족 집단이나 한 국가의 시민 집단과 같이, 개인들의 집합은 과거에 대해 어떤 공통적인 인식을 공유한다는 것이다. 〈검은 숨〉과 〈쇠와 피〉는 내 것이나 내 것이 아니었던 몸의 시간, 구체적 폭력의 경험을 증언한다. '우리'로 묶어지는 무리 혹은 참여자들의 인간과 동물의 경계를 살았던 '집단적 기억'은 '수치'와 '혐오'의 정동을 발생한다. '수치'와 '혐오'는 그들의 삶을 아니 죽음 이후에도 사라지지 않는 것으로, '폭력'의 치명성을 역설한다. 한편 '우리'의 '집단적 기억'은 '광주'의 상처를 개인의 몫으로 축소하고 기억을 게토화하고 한정짓는 한계를 드러냈다. 주객이 전도된 또 다른 '폭력'의 이면을 경계하게 한다.

3장 〈일곱 개의 뺨〉과 5장 〈밤의 눈동자〉는 광주 이후 살아남은 두 여성의 삶을 조망하고 있다. 기억의 역사적 의미, 미래를 위한 기억의 보존적 가치를 '투사'였던 두 여성의 상처와 극복기, 정동의 전환적 자세와 연결하여 탐문하고 있다. 역사 연구는 유물, 보존기록 문서들, 그리고 개인적 기억과 집합적 기억에 대한 반대 균형을 잡아주는 개인의 증언과 같은 증거를 채택한다. 이 두 장에 이르러 동호와 정대 그리고 '김진수'가 죽음으로 남겼던 질문, 인간의 폭력성과 아무 것도 아닌 존재로 추락할 수 있는 취약한 우리 존재의 현실에 대한 성찰적 답변을 마련하고 있다.

　* 이 글은 2016.12. 한국현대소설학회『현대소설연구』제64호에 실린 (105-138쪽)「정동과 기억의 관계시학」에서 발췌한 글입니다.

3장

———————

정현주

폭력, 잔인함, 공유 기억 그리고 문학

정현주

전남대학교 대학원 철학과에서 박사학위를 받았다. 주요 연구 분야는 비교철학과 과학철학이다. 현재는 전남대학교 철학연구교육센터의 학술연구교수로 있다. 전시기획자로도 활동하며 움베르또 마뚜라나의 생물학적 이해를 기반으로 한 예술비평을 하고 있다. 번역서로는 『자기생성과 인지』(갈무리, 2023)가 있고 지은 책으로는 『움베르또 마뚜라나』(커뮤니케이션북스, 2025년 출간 예정) 외 다수 논문이 있다.

한국 사회에서 5·18이라는 사건은 강렬한 트라우마적 자장을 토해 내는 문화적 혹은 집단적 기억으로 위치하고 있다. 한국인들의 5·18에 대한 기억은 국가가 수행한 폭력을, 국가라는 이름 아래 수용하고 이해하는 방식에 따라 대립적 간극이 발생한다. 특히 지난 40년 동안 사건 자체의 원인과 결과를 부정하는 특정 유형의 주장이 지속해서 등장할 수 있었던 시대적 상황은 광주에서 벌어진 학살의 기억을 사소화하고 잔인한 행동을 합리화해 왔다. 아비샤이 마갈릿(A. Margalit)에 따르면, 이 같은 상황에서 우리 앞에 당면한 문제는 무엇을 기억하면 더 좋은가가 아니라 '인간으로서 우리는 무엇을 기억해야 하는가?' 하는 질문이다. 기억해야 할 책무란 원천적으로 과거에 대한 재서술과 집단적 기억을 통제하는 과정을 통해 기억의 도덕성 자체를 훼손시키려는 세력들의 시도가 원인이 되어 기억 공동체에게 주어지기 때문이다.[1]

마갈릿의 저작 『기억의 윤리』에서 '집단적 기억(collective memory)'은 예컨대 홀로코스트와 같은 인류사적 비극에 대한

---

1. 아비샤이 마갈릿, 2023: 87 참조.

기억이며, 공통 역사를 통해 문화적 기억을 공유하는 공동체의 기억으로 정의된다. 그는 기억해야 할 기억의 당위성, 기억의 윤리를 해명하고 윤리적 공동체를 의무와 책임을 수행하는 주요 행위자로 재구성한다.[2]

이러한 정의에 따른다면 5·18의 기억은 인식론적 층위의 가치 중립적 기억과는 달리 공동체 구성원들에게는 기억해야 하는 윤리적 의무가 부과되는 집단적·문화적 기억이다. 그렇다면 모든 오월 문학은 5·18의 기억을 공유하려는 문학적 장치인 동시에 집단적 기억의 산물로 나타난다. 문학은 서사를 통해 오랫동안 제도의 폭력이나 사회관계의 억압에 아래 들리지 않는 목소리를 복원해왔기 때문이다.[3]

오월 문학의 한편에 『소년이 온다』가 위치한다.[4] 이 소설의 에필로그에는 글쓴이가 화자로 등장하여, 소설의 주인공인 소년이 어떻게 자신과 인연이 닿아 있는지에 관해 언급하고 5·18의 여러 증언 자료를 확인하고 집필하는 과정이 공개된다. 이

2. 『기억의 윤리』 제1장부터 3장까지의 주요 주장과 개괄은 오창환·박의연 연구를 참조하라(2023: 142-144).

3. 도정일, 2016: 180-181 참조.

4. 한강, 『소년이 온다』, 파주: 창비, 2014.

같은 내포 저자의 관점에서 소설이 조망된다면 소설은 창작임이 분명하다. 하지만, 글쓴이는 현실과 소설을 오가며 자신의 동기와 의도에 따라 집단적 기억을 실행한 결과물로 나타난다. 이러한 에필로그의 특징 때문에 소설의 서사는 글쓴이를 매개로 부분적이나마 서사 외부, 현실의 증언으로 열려 있고, 이로 인해 허구와 실제의 경계는 모호해진다. 하지만 독자는 서사를 따라가기에 어디까지가 실재이고 어디까지가 허구인가를 끝까지 알 수 없다. 『소년이 온다』의 특이점은 내포 저자가 절박하게 글 쓰는 일을 자신이 맡아야 할 책무로 표현하고 있다는 점에 있다. 글쓴이가 공유 기억을 실행한 결과로서 『소년이 온다』는 독자들을 훼손되지 않아야 할 기억에 대한 성찰적·윤리적 이해로 이끈다는 점에서 기억해야 할 책무와 공유 기억의 실행에 대한 마갈릿의 논지 자체를 근본적으로 입증할 수 있는 요소들을 지니고 있다. 이를 검토하는 일은 『소년이 온다』의 해석적 지평을 확장하는 일이 될 수 있다.

『소년이 온다』에 관한 선행 연구는 상당히 많다. 연구 영역도 항쟁 주체의 문제와 공동체의 정치학, 폭력, 죽음, 분노, 치욕, 애도, 공감, 치유와 같은 감정의 문제를 분석한 논문들, 서술 전략에 관한 연구, 국내외 작품들과의 비교 연구, 최근에는 영역

본 번역에 관한 연구까지 다각도로 이루어지고 있다.[5] 박숙자의 지적에 따르면, 특히 5·18 서사의 하나로서『소년이 온다』를 다룬 연구들의 쟁점은 크게 5·18 재현 및 증언(불)가능성에 관련된 논의, 애도와 공감으로 촉발된 정동과 감정의 문화 정치학, 그리고 홀로코스트와 문학의 윤리에 관한 논의로 압축될 수 있다. 그는 개념의 혼선으로 인해 이 연구들이 피해자의 '고통'을 후경화시키고 있다고 진단한다.[6]

그러나 제시된 세 가지 쟁점에는 지적된 개념의 혼선 이외에도 사실성과 연동된 서사적 증언의 문제가 문학적 재현 문제와 뒤엉켜 있는 것으로 보인다. 서사적 증언이 허구적 서사 형식을 유지하는 한, 누구도 서사 자체가 곧바로 사건의 사실성을 재현하거나 대변한다고는 말할 수 없다.[7] 반면 마갈릿의 논의를 참고한다면 이 같은 소설의 문학적 책무란 증언이 아니라 우리 인류가 기억해야 할 무엇인가를 이야기하는 것을 의미한다. 즉 증

---

5. 항쟁 주체의 문제와 공동체의 정치학을 다룬 연구에 대해서는 심영의, 2015; 정의진, 2019. 정동의 문제를 다룬 연구에 대해서는 양진영, 2019; 한정훈, 2019; 김소륜, 2018; 조성희, 2018; 김미정, 2017; 최윤경, 2016; 정미숙, 2016; 김종엽, 2015; 이숙, 2014. 서술전략을 다룬 연구는 김경민, 2018이 있다. 비교연구는 신혜정, 2019; 조연정, 2014이 있다. 번역에 관한 연구는 신상범, 2020이 있다.

6. 박숙자, 2022.

7. 동일한 문제 제기를 정의진(2019)이 하고 있다.

언 문학이란 인간으로서 우리가 기억해야 할 어떤 것에 대한 이야기이다. 개념적으로 집단적 기억을 정립하려는 마갈릿의 철학적 시도는 소설이 문학의 윤리와 사회적 책무를 환기한다고 주장할 때, 우리가 어떤 지점에서 그와 같이 말할 수 있는지 최소한의 개념적 기반을 마련했다고 할 수 있다.

이 연구는 마갈릿의 기억의 윤리에 대한 질문을 검토하면서 『소년이 온다』를 중심으로 학살과 같은 반인륜적 행위에 대한 집단적 기억을 기억해야 할 사건으로서 현재적으로 소생시키려는 문학의 역할과 의미를 분석하고자 한다. 또한 이 연구의 목적은 『소년이 온다』의 문학적 성찰과 방법론의 분석을 통해 마갈릿의 기억의 윤리와 집단적 기억 개념의 효용성을 옹호하기 위한 것이다.

이 글은 먼저 현재의 시대적 지평에서 기억의 윤리를 호명하는 정치 상황들을 살핀다. 다음으로 마갈릿의 기억의 윤리 개념을 소개한다. 그리고 『소년이 온다』의 에필로그에서 내포 저자의 실천적 계기를 분석하고 그 계기가 구현되는 서사 방식을 간략하게 살핀다. 다음으로 '너'라는 이인칭 호명을 통해 만들어지는 화자와 청자의 상호 돌봄 관계의 형성을 검토한다. 마지막으로 반인륜적인 행위를 서술함으로써 집단적 기억을 소생시키고 폭력과 존엄에 대한 이해로 나아가도록 이끄는 고통의 기제, 즉 5·18 기억에 대한 이야기를 경청하는 독자가 내적으로 인간의 잔인성을 목격하면서 경험하게 되는 고통과 그 윤리적 이해를 독자의 지평에서 살핀다.

5·18의 기억을 훼손하려는 시도들

한국 사회에서 5·18이라는 집단적 기억은 국가가 수행한 폭력을 놓고 저항 주체의 관점과 권력 주체의 관점에서 대립적 간극이 발생한다. 최정기는 오늘날 기억의 갈등 상황을 기억 전쟁이라고 부른다.[8]

---

8. 최정기는 마갈릿과 달리 '기억'을 일종의 인식 능력처럼 가치 중립적 개념으로 사용한다. 최정기의 진단에 따르면 5·18 기억의 차이는 근원적으로는 ① 1980년 정치적 상황에 대한 인식의 차이 ② 군과 시민의 폭력을 바라보는 관점의 차이 ③ 정부 발표에 대한 신뢰 여부라는 세 가지 원인에서 비롯한다. 항쟁 이후 7년간의 투쟁 끝에 5·18사태는 5·18민주화운동으로 공식 명칭이 바뀌었다. 그러나 군이 반민주주의 세력으로 위치되는 일을 막기 위해 처음부터 5·18을 체제 전복을 위한 반란으로 보려는 시도들이 있었다. 1990년대 후반부터는 수구 세력이 민주화 운동 세력에 대항해 정치적 힘을 유지하기 위해 학살을 정당화하는 입장을 고수하기도 한다. 최근 유튜브를 중심으로 일어나는 왜곡은 자신들만의 사회 관계를 공고히 하기 위한 것이다(최정기, 2020: 5).

한편에서는 오월 항쟁에 대한 인식을 민주주의와 인권이라는 측면에서 정의하려는 시도가 지속되었다. 그에 따라 '광주사태' 나 '광주폭동'이라는 이름은 7년간의 고난한 투쟁 끝에 '5·18 민주화운동'이라는 법적 명칭으로 교체되었다.[9] 다른 한편에서 는 5·18사태가 공산주의자들의 공격이었고 군이 이에 대항해 국가를 방어한 것이라는 오랜 주장이 오늘날 북한군의 5·18 조 작설로 진화하는 과정이 있다.[10] 그리고 조작설은 하나의 지식 처럼 주장되고, 인터넷 매체를 통해 쟁점화되는 데 성공했다.[11] 오늘날 또 하나의 파생된 왜곡은 공무원 채용에서 10% 가산점 과 그 외의 혜택을 문제 삼는 5·18 유공자 예우 문제다. 이는 교묘하게 5·18 유공자만을 문제 삼으면서 공정 감각에 예민한 청년층의 심리적 소외와 분노를 유발했고, 사회적 갈등을 조장 하는 데 기여했다.[12]

---

9. 오월 항쟁에 대한 인식 및 명칭의 변천은 강인철의 연구를 참조하라(2020: 특히 23-24).

10. 조작설의 대표적인 사례 하나가 자신이 5·18 당시 광주에 침투했다고 주장했던 김명국의 증언이다. 후에 그는 광주에 간 적이 없다고 새롭게 증언함으로써 북한 개 입설을 부인했다(JTBC 뉴스룸, https://youtu.be/Kjd3x6hTJos).

11. 5·18 역사 왜곡을 다루는 연구는 다음과 같다(김승은, 2013; 김희송, 2014; 신수 연, 2013; 한은영, 2021; 김윤철, 2021).

12. 1995년 5·18특별법이 제정과 함께 5·18기억이 공식적으로 민주국가 프레임에

북한군의 5·18 조작설은 지난 40년 동안 특정한 유형의 왜곡된 주장이 등장할 수 있었던 편향적 지형을 보여 준다. 이 지형은 광주에서 벌어진 학살의 기억을 사소화하고 잔인한 행동을 합리화해 왔다. 이 과정에서 보다 분명해진 사실은 오늘날 5·18이 교육이나 매체를 통해 지식이나 정보로 접하는 기억의 한 형태가 되면서 편향적 주장이 재생산되었다는 점이다. 이때 지식은 우리 인식 활동으로 파악된 내용을 의미하며 그 진리성이 '명증성'이나 '논리적 정합성'과 같은 일정한 근거에 의해 확증될 수 있는 인식 내용을 의미한다.[13] 5·18 이후에 태어나 2010년대에 공적 영역에 진입한 세대들에게 5·18 사건 자체를 부정하거나 폄훼하는 주장들 또한 경험적 판단 없이 일차적으로 접근 가능한 여러 지식의 형태 가운데 하나일 뿐이다. 나아가 5·18에 대한 기억은 5·18 이후 세대들에게는 더는 자신의 당면한 갈등 및 문제의식과 직접 연관된 것도 아니다.[14]

진입한 이후로는 북한군 개입설과 함께 가짜 유공자 문제가 쟁점화되면서 유공자 예우에 관련된 혜택을 문제 삼는 도발이 지속적으로 이루어지고 있다(뉴시스, 「"5·18 유공자 5769명이 온갖 귀족 특혜" …가짜뉴스 극성」 https://newsis.com/view/?id= NISX20190213_0000557579#).

13. 지식에 대한 이러한 정의는 기다 겐 외의 『현상학 사전』(2011: 295) 참조.

14. 내일신문 2020-05-14자 기사.

5·18 이후 세대들이 5·18 기억을 지식의 하나로만 간주하는 태도와 역사수정주의자들의 5·18과 광주라는 공동체에 대한 공공연한 공격이라는 두 문제는 외견상 달라 보이지만, 현실에서는 동시적이고 동일한 기억의 현상으로 나타난다. 이 현상들의 핵심에는 사건이 벌어졌다는 사실이 증거 사진 등을 통해 존재론적으로 입증될 수 있다는 강한 믿음이 있다. 혹은 진술을 통한 사실 발견(facts finding)이란 '사실'은 너무나 자명한 것이라서 물을 필요가 없으며, 조사는 기억 속에 존재하는 사실들을 조사자가 듣고 적으면 된다고 여기는 생각이 놓여 있다.[15] 우리는 막연히 사진과 기록 등으로 그날의 잔혹함과 고통을 증명할 수 있다고 여긴다. 그러나 우리 생각과 달리 학문적 방법론 아래 증언의 입증은 정합적으로 일치하기가 쉽지 않다.[16] 영상이나 사진은 카메라 앞에 놓였던 당시의 처참함을 시각적으로 보여 주는 효과는 있지만, 그 처참함이 발생하게 된 원인이나 과정은 전혀 보여 주지 못한다. 또한 수많은 사람들의 목격담이나 전해들은 이야기들이 서로를 보완하거나 기각하고 확인을 거치면서, 역사적 사실로 정립되었다고는 하지만 이를 부정하는 반

15. 최정기, 2018: 96 참조.
16. 같은 논문, 96-101 참조.

대의 논리 또한 동일한 과정을 거쳐 산출될 수 있다는 점을 북한군 조작설은 입증했다.[17] 나아가 역사가 '사실'로 과연 존재하는지의 실증 여부 자체를 문제 삼을 때마다 우리는 기억을 증명하는 일이 바로 폭력의 피해와 고통 자체를 다시 공공연하게 증명하도록 요구받는 일임을 비로소 맞닥뜨리게 된다. 그런데 내적 고통이나 트라우마를 지금 사실로 증명하는 일이 우리에게 과연 가능한가?

철학적 측면에서 기억이란 개인의 사적 영역, 인간 인식 능력의 범주에 속한다. 엄밀히 말해서 당위로서의 기억이나 기억해야 할 필연적 의무라는 관념 자체가 철학적 측면에서는 불합리한 것이다. 기억이 스스로의 통제 아래 있지 않다면, 기억을 책무 지우는 일은 무의미하기 때문이다. 우리가 기억을 의지 주의적으로 이해할 때, 기억해야 할 책무, 혹은 당위의 기억이란 무언가 불합리하고 마치 형용 모순처럼 다가온다. 우리 의식의 하나라 할지라도 개인의 기억이란 책임을 지거나 당위될 수 없는

---

17. 이와 유사하게 데보라 립스타트는 『홀로코스트 부정하기』란 저서로 홀로코스트의 존재 자체를 부정한 데이빗 어빙의 극단적 주장을 공개적으로 비판한 뒤 명예 훼손 혐의로 재판을 받게 되었을 때 홀로코스트가 실재임을 증명해야 하는 역설적인 상황에 처한다.

것으로 여겨지기 때문이다.[18]

그런데 5·18의 기억은 집단적으로 공유된 기억이다. 이 같은 기억에서는 가치 중립적인 인식 능력의 범주로는 해명하기 어려운 영역이 발생할 수밖에 없다. 기억에 대한 개념적 혼란은 여기에서 비롯한다. '기억 전쟁'이라는 용어 자체에도 기억을 개인의 인식으로 한정하여 보는 관점이 반영되며, 이 관점은 5·18의 기억을 국가의 안위를 위한 전쟁 상태로 폄훼할 수 있는 근거가 되어 국가 폭력을 합리화하려는 기억 서사에 기여한다.

마갈릿의 집단적 기억은 공통의 역사를 지니고 문화적 기억을 공유하는 공동체의 기억을, 즉 집단의 고통스러운 경험과 기억 때문에 윤리적 함의를 획득하는 공유 기억을 의미한다. 이 개념을 수용한다면 『소년이 온다』는 집단적 기억을 실행하고 있고 오월 문학도 동일한 역할을 완수하고 있음을 확인하여 그 해석의 지평을 확장할 수 있다. 이제 집단적 기억과 기억의 윤리에 대한 마갈릿의 논의를 살펴보자.

---

18. 마갈릿, 2023: 57-59, 63-66 참조.

마갈릿의 기억의 윤리

유대인 공동체의 일원으로서 마갈릿은 자신의 기억 공동체가 어떤 방식으로 희생자들을 기억하고 살아가야 하는지 질문한다.[19] 『기억의 윤리』는 사적 영역과 집단 영역 모두에서 기억에 대한 윤리적 평가가 직접적으로 수반된다는 점을 여러 예시와 근거를 통해 분석하고 주장한다. 그의 분석을 반영한 특수 사례로 5·18 구술을 들 수 있다. 5·18 구술은 항쟁에 참여한 경험자, 목격자, 관련자 등이 자신의 기억과 경험을 진술한 기록이다. 서사의 범위와 초점은 '1980년 10일 동안 무슨 일이 있었는가?'이며, 5·18 항쟁을 겪은 개인의 경험으로부터 일어난 사실, 개인적 피해, 고통을 드러내는 것에 초점이 맞춰져 있다.[20] 이를 통해 그날의 진실을 재구성하고, 5·18 항쟁의 역사를 복원하는 일은 역사적 사건의 공유 기억이며, 살아 있는 누군가의 경험을 넘어선 기억에 대한 기억이다. 이러한 성격으로 인해 5·18의 기억은 개인의 생애사나 사적 서사와는 명확한 거리가 있다. 또한 이 기억의 핵심에는 폭력과 타자의 고통이라는 관계의 윤리

---

19. 마갈릿에 대한 소개는 오창환·박의연을 참조하라(2023: 특히 141).

20. 양라윤, 2022: 150-151 참조.

성이 놓여 있기 때문에 이는 결코 가치 중립적인 집단적 기억일 수도 없다.

마갈릿의 핵심 질문은 '인류는 무엇을 기억해야 하는가?'이다.[21] 그는 윤리적 의무의 측면에서 인류사의 비극적 사건이나 이 사건과 관련된 사람들의 집단적·문화적 기억의 성격을 질문하고, 이 과정에서 기억할 의무와 책임이 귀속되는 주체를 탐구한다.[22] 그는 추상적으로 전 인류를 포함하는 도덕 개념과 구체적인 역사와 문화를 공유하는 공동체의 윤리 개념을 구분하고 두 개념에 기초하여 윤리적 관계에서만 기억의 의무가 성립함을 밝힌다.[23] 이 같은 관점에서 기억할 의무와 책임을 진 주체란 결론적으로 특정 역사적 기억을 공유하는 집단인 윤리적 공동체다.[24]

그렇다면 공유 기억(shared memory)은 바로 방대한 기억 노동의 분업(a division of mnemonic labor)에 기초한다. 중대한 사건일수록 그 사건을 인지한 사람들은 해당 사건과 관계를 맺은 경

---

21. 마갈릿, 2023, 83 참조.

22. 같은 책: 20 참조.

23. 마갈릿에 따르면 도덕은 윤리적 관계의 자격을 논의할 수 있는 토대이다(같은 책: 91).

24. 오창환·박의연, 2023, 144 참조.

로를 생생하게 기억한다. 이러한 구성원들의 공유 기억은 당사자들의 기억을 넘어서 공동체 일반은 물론이고 다음 세대에도 공유해야만 하는 대상 기억일 수 있다. 인류사에서 반복되는 제노사이드 및 개인과 집단의 트라우마적 기억은 일종의 각성, 공유 기억으로서 이런 일을 반복하지 않겠다는 강한 계기로 작동한다. 따라서 마갈릿의 관점에서 집단적 기억은 인간적이고 정당하며 평화로운 미래를 세우기 위한 토대가 되어야 한다는 당위, 윤리적 의무가 부과되는 것이다. 개념적으로 집단적 기억에 부여된 도덕적 함의는 인간의 존엄성이 도덕의 문제임을 '잊지 말라'는 경고에 가깝다.[25]

---

25. 마갈릿의 관점에서 우리의 신념과 은유 체계에서 기억은 부분적으로 돌봄 개념을 구성하고 돌봄은 윤리와 연결된다. 진심으로 누군가를 아낀다면, 즉 친구이거나 가족이라면 그의 이름은 내가 그를 돌보는 활동에 내재되어 있다. 돌봄은 내게 의미 있는 다른 사람에게 중요한 의미를 부여하는 행위다. 기억이 윤리 의무로 간주될 수 있는 이유는 두 관계의 돌봄에 기억이 수반되기 때문이다. 따라서 마갈릿에 있어서 돌봄 개념은 물리적 층위에서는 나에게 의미 있는 타인의 결핍과 필요를 충족시키는 돌봄이고, 심리적 층위에서는 두터운 관계에 있는 가족이나 친구, 공동체의 안위를 걱정하고 마음 쓴다는 의미에서 애착과 사랑을 수반한 돌봄이며, 철학적 층위에서는 인간 현존재의 실존에 대한 반성의 의미로 이해될 수 있는 돌봄이다. 윤리는 두터운 관계의 사람들과 공동체를 더 강력하게 돌보고 기억할 것을 요구한다. 이때 윤리적 관계는 도덕에 배치되지 않아야 한다. 도덕은 윤리적 관계를 평가하는 최저 기준점이다. 따라서 인간의 존엄성을 해치는 강한 굴욕은 도덕적일 수 없으며 존엄성은 도덕의 문제다(같은 논문: 143, 153.; 마갈릿, 2023: 42-49, 86).

따라서 기념관과 같은 현대 사회의 기록 보관소는 일정하게 공동의 기억 장치로 기능한다. 하지만 박제된 지식들이 제 기능을 한다고 보기는 어렵다. 마갈릿의 관점에서 본다면 『소년이 온다』와 같은 문학은 통시적인 측면에서 기억에 대한 '이야기'이며 기억 노동의 분업으로 나타난다. 특히 소설의 신화적·허구적인 성격은 독자가 구체적인 등장인물들과 그 상황에 공감하고 이해하도록 끌어낸다. 이때 문학의 시학은 타자로서의 자신을 이해하도록 독자를 초대하는 거부하기 어려운 장치다. 소설은 기억 공동체에서 공유된 기억을 다시 재구성하며 종교적 의례처럼 강력한 소생의 요소들을 담고 있다. 이 소생은 죽은 자들의 역할을 이어가게 된 '살아 있는 자'라는 형식을 취한다. 이 공유 기억은 죽음과 삶의 상반된 범주를 융합할 수 있는 에너지의 고양 상태를 창출하며, 소생된 기억은 공동체를 두터운 관계로 결합한다.[26]

이 같은 형태의 공유 기억은 사건 그 자체가 아니라 사건에 대한 이야기이다. 집단적 기억의 핵심은 그 상황을 경험하는 데서 오는 충격과 공포를 그대로 느끼는 순간에 있다. 이 같은 감

---

26. 마갈릿, 2023: 71-75 참조.

수성(sensibility)의 유지는 명료하게 표현된 시인의 고조된 언어로 가능하며, 감수성은 기억된 사건과 감정을 체계적으로 결속시키는 역할을 한다. 명료하게 표현되지 않더라도 '그 장소'에 실제로 있었던 부모의 몸짓만으로 고통의 감수성은 그들의 아이들에게 그대로 전달될 수 있다.[27]

『소년이 온다』는 텍스트의 고조된 언어를 통해 내포 저자를 포함한 일곱 개의 시선을 소환하고 5·18의 집단적 기억을 호출한다. 그리고 소설의 공유 기억은 실제 일어난 사건이 아니라 '사건에 대한 이야기'로 역사 안으로 되돌아온다. 그리하여 되살아나는 것은 압도적인 강렬한 고통이다. 이는 독자의 도덕적 감정에 깊은 상처를 입힌다. 감정은 일화에 대한 소통을 통해 공유된 기억의 핵심이다. 이 같은 경험은 독자에게 이 일에 개인적으로 연결되어 있다는 의식을 불러일으킨다.[28] 다큐멘터리 〈김군〉(2018)이 5·18을 지식으로 다가간 5·18 이후 세대의 지적 접근 방식을 보여 주는 대표적 사례라면,[29] 『소년이 온다』는

---

27. 같은 책: 66-69 참조.
28. 같은 책: 60-63 참조.
29. 다큐멘터리 〈김군〉은 북한군 조작설의 증거 사진 가운데 하나인 '김군'의 존재를 추적하는 과정을 보여 준다(강상우, 2020).

참혹한 기억과 함께 고통의 감정을 소생시키는 사례다. 두 사례 모두 윤리적 감각이 견인하는 기억 노동의 분업으로 볼 수 있다. 나아가 『소년이 온다』는 무엇보다 5·18의 집단적 기억을 통해 폭력과 협력의 인간 행위의 양면성을 묻고 사회적 존재로서 인간다운 행위에 대해 끊임없이 탐색하는 면모가 두드러진다.[30] 이는 도덕의 실천적 문제와 맞닿아 있다.

인간 행위에 대한 질문

글의 마지막에 배치된 에필로그에는 소설을 집필하게 된 내포 저자의 주요 계기들이 나타난다. 하나는 낮은 목소리로 가장 끔찍한 이야기를 생략하면서 어렵게 이어가는 어른들의 말들을 주워들으면서 어린 시절 저자가 어렴풋이 알게 된 5·18의 기억이다. 그의 중흥동 옛집에 살던 중학생과 그 친구에게, 그리고 고모와 선을 봤던 수학 선생님의 아내에게 벌어진 참혹한 일은 대상의 구체성으로 인해 자신과 고모에게도 벌어질 수 있는 일

---

30. 『소년이 온다』의 인간 존엄성에 대한 근본 질문이 저자 한강의 원론적이고 고전적인 질문이라는 점을 분석한 논문은 정의진(2019)을 참조하라.

처럼 다가온다. 이는 저자가 스스로를 소년과 그의 친구와 연결하여 광주의 기억을 자신의 경험처럼 깊이 수용하는 계기로 소개된다.

또 다른 계기는 용산참사다. 저자는 공중파 영상을 통해 폭력적인 야만의 시간이 변함없이 지속된다는 것을 목격한다.

서울 한복판에서 불타는 망루의 충격적인 장면으로부터 화자는 광주의 기억, 서재 사진첩에 있던 총검에 찢겨 죽은 소녀의 얼굴을 떠올린다. 광주에서 일어난 일은 그저 우발적인 사건은 아니라는 깊은 자각과 함께, 그는 불가피하게 70년대 부마항쟁과 노동 운동으로 이어져 왔던 폭력과 항쟁의 상황을 다시 마주한 것이다. 즉 한편에서는 폭력과 다른 한편에서는 이 폭력에 충격을 받는 자신의 윤리적 감각을 그는 인지한다.

같은 인간에 대한 폭력은 어떻게 가능한 것인가? 그리고 폭력적 상황을 목격할 때 우리가 느끼는 고통은 무엇인가? 서사를 이끄는 원인은 저자의 이 같은 질문이며, 질문은 타자의 고통, 폭력 앞에 고립되고 짓밟힌 연약한 인간의 모습을 보도록 나아간다. 살아 있는 자로서 참혹한 광경을 목격하는 것은 우리가 보존하는 상호 신뢰와 사랑을 부정당하는 경험이다.[31] 저자

---

31. 마뚜라나와 페어다 – 쥘러에 따르면 우리 인간의 고통 대부분은 세계에 대한 신

는 인간의 본질과 폭력에 대한 오랜 의문을 뚫고 가기 위해 자신의 중흥동 옛집에 이사 왔던 중학생의 죽음 앞으로 다시 걸어 간다.

자신과 인연이 닿아 있는 한 소년의 죽음에 대해 쓰려는 저자의 강한 동기는 소설의 전체 구도에서 동호라는 초점 인물과 관련된 여러 사람의 기억에 대한 집합적 서사로 나타난다. 이들의 시선은 1980년 5월부터 순차적으로 분절되어 작가가 글을 쓰는 2013년까지 이동하면서 배치되는데, 저자를 제외한 대부분의 등장인물들은 모두 항쟁 당시 상무관에서 희생자들의 시신 처리를 도맡았던 사람들이기도 하다. 1장과 2장의 어린 동호와 정대의 죽음은 이어지는 나머지 장의 등장인물들에게 고통의 원천이 된다. 3장의 은숙은 장례식을 치르지 못한 동호의 죽음을 고통스럽게 복기한다면 4장의 나와 진수는 그들의 영혼을 부순 고문에 대한 기억을 말한다. 5장의 선주는 죽은 동호의 사진을 보고 터질 것 같은 고통의 힘으로 살아야 한다는 의지를 되찾는다. 6장의 동호 엄마는 다른 아들이라도

뢰를 잃어버리면서 발생한다. 즉 우리가 불신 속에서 살아갈 때 발생하는 긴장과 왜곡 때문에 우리는 고통을 받는다. 따라서 사랑과 친밀감은 생물학적으로 우리의 윤리적 행동과 생리적, 관계적, 정신적 조화를 위해 어떤 부류가 되었든 타자에 대한 관심의 생물학적 기초를 이룬다(H. Maturana, and G. Verden-Zöller, 2008: 134, 214).

살리기 위해 동호를 도청에 남겨 두고 뒤돌아선 기억을 말한다. 그리고 마지막에 글을 쓰게 되는 저자가 있다. 서사의 구조에서 고통은 이들 모두를 꿰뚫는 감정이다. 5월의 항쟁이라는 역사적 사실은 저자의 질문에 따라 허구적으로 재구성되며, 배열된 등장인물들의 시선과 기억을 따라 집단적 기억은 현재화된다.

에필로그에서 저자는 자신에게 맡겨진 기억의 책무를 말한다. 저자가 소설을 준비하고 쓰는 과정이 삽입되면서 에필로그는 저자가 마치 현실의 매개자처럼 직접 서사에 진입하는 장소다. 그와 동시에 물리적으로 독자 앞에 놓인 소설은 저자의 동기와 의도가 실현된 결과물로서 있다. 이 같은 서사 장치는 이야기를 둘러싼 액자를 외부로 열어 읽는 이가 저자의 관점에 동조하여 다시 처음부터 전체 소설을 되돌아보도록 만든다. 텍스트 안에서 어디까지가 허구이고 어디까지가 사실인지를 우리가 확인할 수 없기 때문에, 이 지점으로부터 동호와 주변의 등장인물들은 심리적으로 허구와 실재의 경계에 서 있게 된다. 따라서 소설은 마갈릿의 용어로 정치적 증인이 아니라 '도덕적 증인'의 역할을 수행한다는 점을 보여준다.[32] 텍스트의 서술이 독자로

---

32. 마갈릿은 도덕적 증인의 본질적 요소가 도덕적 목적에 있다고 정의한다(2023:

하여금 등장인물들의 경험을 자기 경험과 연결할 수 있게끔 만드는 장치이기 때문이다.[33]

읽는 행위의 매개성, 너의 호명

죽은 자와 살아남은 자로 이루어진 전체 이야기의 배열에서 친구의 폭력적인 죽음을 바로 곁에서 지켜본 동호는 조금씩 겹쳐지면서 다른 방향으로 분기해 나가는 모든 이야기의 중심에 서 있다. 시인의 언어는 동호를 '너'라고 호명하며 동호의 행동과 의식을 쫓는다.[34]

일상의 대화에서 '너'의 호명은 누군가를 주시하거나 누군가에게 말을 건네는 텍스트 외부의 '나'의 존재를 수반한다. 그러므로 동호를 너라고 부르는 사람은 죽은 혼으로서 홀로 정미 누나와 동호를 찾는 정대나, 혼자 살아남는 것을 두려워한 은숙이나, 죄책감과 고문의 트라우마로 자살한 진수나, 증언하기를 거

145-151).

33. 같은 책: 166 참조.

34. 이인칭 서사에 대한 분석은 다음 연구를 참조하라(이미란, 2009, 2010, 2021; 김춘규, 2020; 김성렬, 2018).

부하는 선주나, 동호 어머니일 수도 있으며, 에필로그의 내포 저자 '나'일 수도 있다. 또는 독자가 동호를 너라고 부르는 사람일 수 있다.[35]

서사에서 동호를 둘러싸고 있는 등장인물들은 그와 직접적인 돌봄 관계를 이루는 사람들이다. 저자는 이 같은 돌봄 관계를 확장하여 에필로그에서 스스로를 포함시키고 다시 독자를 이 돌봄 관계에 참여하도록 초대한다. 책을 읽을 때, 텍스트의 행간에서 소환된 '타자의 마음을 아는 자'가 바로 나 자신이기 때문이다. 동호를 너라고 부르는 일은 타자로서 자신을 마주하는 일이고, 독자로서 우리가 친구와 같은 관심을 가지고 동호를 바라보고 그의 지각과 마음에 깊이 개입하는 마법 같은 순간이다. 이 감정은 근본적으로 세상에 대한 신뢰와 연결되어 있으며 돌봄의 행위를 통해 서술자와 독자를 두터운 관계의 윤리적 공동체로 연결시키는 힘이다. 그리고 독자는 복잡한 상황 논리를 고려해야 하는 사안의 특수성과 맥락의 구체성을 온전히 이해하

---

35. 브라이언 맥헤일(Brian McHale)에 따르면 '너'라는 2인칭적 호명은 보통 '나'-1인칭보다 훨씬 강력하게 발신자와 수신자를 연결하는 의사소통적 순환이 존재함을 독자에게 고지하는 것이다. 소설이 '온화한 독자' 또는 '친애하는 독자'와의 명시적이고 수사적인 관계를 구축하고자 할 때 '너'의 호명은 발신자와 수신자의 의사소통적 순환을 함축하며 관계의 기호로서 아주 탁월한 역할을 한다(1987: 223).

기 위해 서술을 따라 조금씩 나아간다.

이 같은 인지적 직시(deixis)는 지각의 신체화를 중심으로 낱말과 언어가 서사로서 맥락에 닻을 내리는 방법이다.[36] 즉 텍스트를 읽으면서 다른 사람의 마음과 행위를 이야기하는 목소리를 따라 일어나는 것은 귀를 기울이는 자의 '이해'다. 마사 누스바움(M. Nussbaum)에 따르면 이 같은 상상력은 개개의 사람과 그들이 처한 상황에 대한 인식에 우선순위를 부여하면서 섬세하게 자각하고 깊이 책임을 느끼는(finely aware and richly responsible) 과정이다. 윤리적 이해는 신뢰를 기반에 둔 인간 삶에서 사랑과 다른 감정의 힘, 감정과 윤리적 앎 사이의 관계, 특정 사안을 숙고하게 만드는 관심에 뿌리를 두고 있다.[37]

텍스트는 독자를 초대한다. 이 경청의 관계에서 독자는 텍스트의 목소리를 자신의 지각 행위와 일치시키면서 따라간다. 과거에 대한 서술은 본질적으로 세계와 사건들에 생명을 불어넣으며, 소생은 죽은 자들의 역할을 이어가게 된 살아 있는 자라는 형식을 취한다. 그리고 살아 있는 기억으로서 공유 기억은

---

36. 피터 스톡웰, 2009: 82-83 참조.

37. Martha Nussbaum, 1992: ix, 23 참조.

공동체 형성을 위한 접착제 역할을 한다.[38]

기억해야 할 책무

고통은 각장의 인물들을 잇는 감정이며, 인간다움에 대한 믿음이 훼손되면서 나타난다. 그래서 고통은 문화적이고 정치적으로 텍스트에 진입한다.[39] 동호는 정대에게, 은숙은 동호에게, 진수는 동호와 영재에게, 선주는 동호와 성희에게, 누군가의 고통은 살아남은 이의 강렬한 죄책감과 고통으로 나타난다. 에필로그의 저자가 자료들을 읽고 망월동 묘지에서 걸어 나오며 느낀 고통도 다른 사람의 고통에서 비롯한다. 신역 앞에서 총에 맞아 죽은 두 구의 시신을 보고 수십만의 사람들이 도청 앞에 집결한 것도 다른 이의 고통과 죽음에 깊이 상처 입은 감정이

---

38. 마갈릿, 2023: 72-75 참조.

39. 고통은 기억과 마찬가지로 종종 사적이고 외로운 경험, 다른 사람이 알 수 없는 개인의 느낌, 또는 나 자신이 결코 느낄 수 없는 다른 사람의 느낌으로 기술된다. 그러나 사라 아메드(Sara Ahmed)에 따르면, 공적 담론에서 지속적으로 환기되어 온 다른 사람의 고통은 개인뿐만 아니라 집단적 대응을 요구하는 정동적 기제라고 할 수 있다(2004: 20).

끌어낸 것이었다.[40] 여기에는 독자도 포함된다.

예컨대 고문에 대한 화자의 서술처럼 폭력과 연약한 신체성을 언급하는 텍스트는 간결하고 건조하지만 읽는 이의 감각 지각을 그대로 촉발시킨다. (『소년이 온다』 121쪽 참조)

서술 자체는 화자에게 가해지는 의도적 폭력에 대한 것이다. 거칠게 내뱉는 호흡처럼 단절되고 고조된 어휘는 이야기를 경청하는 독자에게 크나큰 고통의 감각을 일으킨다. 폭력이 그가 속한 관계의 총체로서 인간 존엄에 대한 믿음을 고스란히 훼손하는 것과 같기 때문이다. 이는 읽는 이의 감정에 큰 상처를 입힌다.

독자가 느끼는 감정과 유사한 것이 처음 총검으로 으깨어진 소녀의 사진을 본 저자에게도 나타난다. 그리고 다른 사람의 고통에 깊이 반응하는 행위자로서의 모습은 시민군들의 마지

---

40. 한강은 인터뷰에서 자료와 기록 속에서 자신처럼 다른 사람의 고통에 깊이 반응하는 행위자로서 5·18시공간의 사람들을 발견했다고 다음과 같이 말한다. "문득 이 사람들은 희생자가 아니라 행위자였다는 사실을 발견하게 됐어요. 그 사람들이 거기 모인 건 타인의 고통 때문이었어요. 자료 속에서 내가 고통을 느끼는 것도 마찬가지 이유였고요. 인간의 존엄에 대한 근본적인 믿음이 있기 때문에 그 사람들은 거기 모이고 또 죽었던 것이고, 제가 고통을 느끼는 것도 인간의 존엄에 대한 믿음 때문인 거였어요." 그리고 그는 '인간의 존엄에 대한 근본적인 믿음'을 '사랑이 아닌 다른 말로 설명하는 건 불가능한' 어떤 것이라고 정의한다(김연수, 2014: 328, 329).

막 모습에서도 나타난다. 항쟁 마지막 날, 진압군에게 광주 인구 전체를 사살하고도 남는 실탄이 지급된 상황에서 시민군들은 상황을 명료하게 인식했든 아니든 간에 도시의 수많은 다른 누군가의 죽음을 대신하기 위해 도청을 사수하는 고립을 선택한다. 이는 그들이 할 수 있는 마지막 윤리적 선택이다. 이 같은 모습은 곧바로 인간의 잔인한 행위와 정면으로 충돌한다. (『소년이 온다』 133쪽 참조)

다른 사람의 고통 때문에 어떤 일이라도 도우려는 행위와 타자에게 가해지는 잔인한 폭력 행위는 동일한 공간에서 충돌한다. 윤리적 행위자로서 인간의 존엄과 연약함과 고귀함은 악의에 갇힌 잔인한 폭력 아래 산산조각이 난다. 독자 또한 저 행간 사이에서 동호의 마지막 순간을 헤아리고 죽음을 지켜본 김진수의 정신적 충격을 함께 느낀다. 그리고 "영화같지 않냐"고 자기 행위를 정당화하는 장교의 말로부터 악의 발생을 목격한다.

인간은 무엇인가? 저자의 질문은 독자의 감정과 영혼을 역습하고 뿌리부터 뒤흔든다. 독자는 자신이 목격한 인간 행위의 양면성과 모순을 어떻게든 스스로에게 끝까지 해명하지 않으면 안 된다. 인간의 선의와 존엄이 이토록 연약하고 위태롭다면, 그 폭력으로 인해 우리 인간이 유리처럼 깨져 버리지 않도록,

돌이킬 수 없게 되어 버리지 않도록, 인간으로서 스스로를 폐기하지 않도록 우리가 무엇을 해야 하는가? 그렇다면 우리는 인간으로서 어떤 행동의 결과를 원하는가? 이 질문은 해명될 때까지 계속 이어질 것이다. (『소년이 온다』 130쪽 참조)

인간의 잔인성은 굴욕당하고 훼손되고 살해된 우리 영혼에 회복할 수 없는 거대한 자상을 남긴다. 제주 4·3과 관동과 난징과 보스니아의 대학살에서 그런 것처럼 이 같은 기억은 아물지 않는다. 인간의 역사는 인간 행동의 무엇을 증명하는가?

5장의 선주는 마치 날마다 살아남았다는 치욕과 싸우는 4장의 화자에게 답변하는 것처럼, 어쩌면 악을 목격한 독자에게 답변하는 것처럼 학살 이전, 고문 이전의 세계로 돌아갈 방법이 어디에도 없다고 말한다. 그리고 사진으로 동호의 마지막을 확인한 순간에 자기 영혼의 격렬한 힘과 만난다. (『소년이 온다』 173쪽 참조)

선주의 고통스러운 기억은 결국 이를 악물고 살아 있음으로 나아가게 만드는 것이다.

참혹함에 대한 분노는 죽은 이들의 역할을 이어가게 된 살아 있는 자의 힘이다. 또한 독자가 소설 속 등장인물들의 트라우마적 기억에 긴밀히 연루될 때 인간 존엄이 훼손된 비극을 다시 반복해서는 안 된다는 통찰은 비로소 작동한다. 구원은 이 지점에서 시작한다. 다른 이를 돕기 위해서 우리는 무엇을 할 수 있는가. 죽음은 다시 삶과 교차한다. 등장인물들이 참혹을 마주하고 인간 존엄에 대한 근본적인 믿음에 따라 움직인 행위자였던 것처럼 우리는 인간에 대한 공격, 공유된 인간성을 도려내는 지독한 잔인성을 마땅히 기억해야한다. 더욱이 이들을 희생자라고 부르도록 허용해서도 안 된다. 양가적인 인간의 행위를 기억하려는『소년이 온다』의 문학적 역할이 이 지점에서 분명해진다. (『소년이 온다』175쪽 참조)

5장 선주의 말을 빌려, 에필로그의 화자가 소설을 쓴 마지막 계기가 나타난다. 이 말은 에필로그에서 "아무도 내 동생을 더는 모독할 수 없도록" 동호 이야기를 써달라는 동호 형의 당부와 이어지고 증폭되는 것이다. 그리고 소설은 총7장의 서사를 통해 참혹과 존엄 사이에서 깊은 고통을 느끼며 5·18의 시공간에 많은 군중들이 모이도록 움직인 힘은 무엇이었나를 추적한다. 저자 한강은 이 같은 모습을 사랑이 아닌 다른 말로 설명하는 건 불가능하다고 답한다.[41]

---

41. 같은 글: 329 참조.

우리는 잔인한 행동을 결코 인간답다고 말하지 않는다. 인간 행위란 처음부터 사회적 동물로서 우리의 조건을 함의한다. 독자로서 우리가 이야기를 들을 때나 책을 읽는 순간에도 신뢰라고 하는 윤리적 힘은 하나의 배경으로 끊임없이 유지된다. 나아가 관계에 있어서 신뢰는 생물학적 행동으로 벌어지며 우리 일상과 사회적 공존의 기반을 구성하는 감정이다.[42] 소설에서 유지되는 5·18 시공간의 군상들의 행위자성에 대한 집단적 기억은 반드시 훼손되지 않아야할 어떤 것이다.

마갈릿은 가장 음울하고 참혹한 기억을 반드시 희망찬 기획으로 바꾸어야 한다고 말한다. 우리가 도덕적 악몽을 기억해야 하는 이유는 이 기억을 폄훼하려는 세력들에 맞서 그리고 우리 스스로를 위해 최소한의 도덕성을 보호해야 하기 때문이다.[43] 항쟁의 행위자성을 기억하려는 『소년이 온다』의 노력은 국가폭력을 합리화하기 위해 5·18의 기억을 훼손하려는 지속적인

---

42. 마뚜라나와 페어다-쬘러의 '신뢰와 가까움의 생물학(Biology of Trust and Nearness)'에 따르면 인간에게 신뢰와 가까움은 친밀감을 구성하여 다른 사람과 함께하는 즐거움 속에서 같이 일을 하기 위한 기초가 된다. 그리고 다른 사람과 함께하는 즐거움으로 함께 일을 하는 것은 협동을 구성한다(Maturana, and Verden-Zöller, 2008: 68-74).

43. 마갈릿, 2023: 87 참조. 또한 마갈릿의 저서 『배신』(2017)은 공동체의 신뢰를 상실하게끔 견인하는 배반, 배신, 반역의 문제를 다루고 공동체의 윤리문제를 살핀다.

시도에 맞서 누구도 이들을 더는 모독할 수 없도록 소설이 모든 행위자들의 존엄을 기리고 되묻는 지점에 있다. 이 같은 노력은 기억의 윤리적 책무를 그 자체로 실행하고 있다.[44]

인간 존엄을 환기시키는 문학적 장치의 역학은 비극을 잊지 않으려는 힘, 인간에게 가해진 잔인함을 기억할 때의 "심장이 터질 것 같은 고통의 힘, 분노의 힘"에 자리한다. 집단적 기억의 산물로서 소설은 이 같은 힘을 통해 다시금 읽는 이에게 집단적 기억을 소생시킨다.

일곱 개의 장으로 이루어진 소설의 구조에서 잔인함을 기억할 때의 고통의 힘은 기억의 윤리적 책무를 실행하는 하나의 역학이다. 기억에 대한 기억으로서 공유되는 집단적 기억은 문학과 같은 매체의 기억 노동의 분업에 기초한다고 말할 수 있다. 그리고 기억할 의무와 책임을 진 주체란 반인륜적 기억을 공유하는 윤리적 공동체임을 『소년이 온다』는 입증한다.

---

44. 한강은 "이 책은 나를 위해 쓴 게 아니며, 단지 내 감각과 존재, 육신을 (광주민주항쟁에서) 죽임을 당한 사람, 살아남은 사람, 그들의 가족에게 빌려주고자 했을 뿐"이라고 말한다(김연수, 2014: 208).

결론

이 연구는 마갈릿의 집단적 기억 개념의 관점에서 『소년이 온다』에서 나타나는 5·18의 집단적 기억의 양상과 이를 읽는 독자 행위의 매개성을 분석하여 고통의 기제를 통한 집단적 기억의 소생 과정을 살폈다.

『소년이 온다』의 모든 등장인물은 한국 현대사를 관통하는 국가 폭력 앞에 노출되어 있다. 인간 행위의 양면성에 대한 소설의 사유적 궤적은 5·18의 시공간에 군중들이 모이도록 움직인 힘은 무엇인지, 다른 이를 위해서 우리는 무엇을 할 수 있는지 되묻고 답을 구하기 위해 나아간다. 그리고 텍스트는 일곱 개의 시선을 소환하여 타자의 고통 때문에 자발적으로 모인 사람들의 행위 자성을 가시화하는 지점에 다다른다.

집단적 기억으로서 소환되는 것은 바로 폭력의 희생자가 되기를 거부하는 사람들이다. 그들은 결국 혼자 남으면 맞서서 공을 받아 안아야 하는 순간이 왔던 것처럼, 그리고 언제라도 그해 봄과 같은 순간이 다시 닥쳐온다면 비슷한 선택을 하게 될지도 모른다는 것을 이미 알고 있는 사람들이다. 저자·한강은 폭력과 잔인함을 마주하고 다른 사람의 고통을 같이 느끼는 인간 행위의 윤리적 성격을 '사랑'으로 이해한다. 텍스트가 그려 내는 이들의 행위는 사건의 사실 여부를 증명하는 것이 아니라 인간의 연약하고 부서지기 쉬운 육신 안의 단단하고 투명한 영혼의 존재를 증명한다. 나아가 그 영혼의 파괴가 얼마나 고통스러운지를 독자에게 경험하게 한다. 이때 고통은 사랑의 또 다른 낱말이다.

독자는 이 과정에서 사건을 이해할 뿐만 아니라 심리적으로 등장인물과 함께하는 실천적 참여까지 공유하게 된다. 등장인물들에 대한 깊은 애도와 함께 고통에 대한 기억 자체가 인간다움을 해치는 것에 대해 되묻는 도덕적 힘으로 이어지기 때문이다. 그리고 우리가 인간 존엄이 훼손된 비극을 다시 반복해서는 안 된다는 문학적 통찰에 다다를 때, 과거는 현재를 통해 다시 되살아난다. 그리고 현재는 과거를 돕는다.

분석을 통한 이 글의 결론은 다음과 같다. ①『소년이 온다』는 인간 행위의 양면성을 해명하기 위해 5·18항쟁의 기억을 구체적 개인들의 이야기로 재구성한다. ② 저자의 질문을 따라 독자는 소설의 등장인물이 구체화하는 5·18항쟁의 기억에 대해 지각하게 된다. 이러한 이해는 독자로부터 깊은 애도의 감정을 끌어내면서 독자를 공유 기억의 공동체에 참여하게 이끌고, 공동체를 두터운 윤리적 관계로 결합한다. ③ 이때 존엄과 신뢰라는 인간다움의 조건은 등장인물에게는 행위의 기제이고, 저자나 독자에게는 비극을 기억해야 할 의무로 스스로에게 부과하는 기제이다. ④ 오월 문학의 하나로서 『소년이 온다』는 중대한 공유 기억을 전달하는 강력한 시학적 장치이며 기억 공유를 실행하기 위한 객체적 장으로 역할하고 있다.

 * 이 글은 2023년 전남대학교 5·18연구소 『민주주의와 인권』 제23권 제3호(77-105쪽)에 실린 논문 「공유기억의 장치로서의 문학과 기억의 윤리: 『소년이 온다』를 중심으로」에서 발췌한 글입니다.

5월 18일 광주, 그 봄날의 기록

기간	
1980년 5월 18일 ~ 5월 28일	

장소	
광주광역시 및 인근 지역	

원인	
신군부의 12·12 군사반란, 5·17 내란에 대한 저항, 계엄군의 폭동적 시위 진압	

교전 세력	
신군부, 국방부(계엄사령부), 내무부 치안본부	시민군

병력	
계엄사령부 전라남북도 계엄분소 제3공수특전여단 제7공수특전여단 제11공수특전여단 제20보병사단 제31보병사단 전라남도경찰국	광주 시민 73만 명 시위대 20~30만 명 시민군 최소 340명

결과	
계엄군의 광주 점령 항쟁 세력인 시민군의 붕괴 민주화 저항 세력 분쇄	

영향	
전두환의 권력 이양 및 제11대 대통령 취임 신군부 독재(전두환 정부) 시작 6월 항쟁에 동기 부여	

1. 요약

5·18광주민주화운동 혹은 5·18민주화운동, 광주민중항쟁은 1980년 5월 18일부터 5월 28일까지 광주시민과 전라남도민이 중심이 되어, 조속한 민주 정부 수립, 전두환 보안사령관을 비롯한 신군부 세력의 퇴진 및 계엄령 철폐 등을 요구하며 전개한 대한민국의 민주화 운동이다.

당시 광주 시민은 신군부 세력이 집권 시나리오에 따라 실행한 5·17 비상계엄 전국 확대 조치로 인해 발생한 헌정 파괴·민주화 역행에 항거했으며, 신군부는 사전에 시위 진압 훈련을 받은 공수부대를 투입해 이를 폭력적으로 진압하여 수많은 시민이 희생되었다. 이후 무장한 시민군과 계엄군 사이에 지속적인 교전이 벌어져 다수의 사상자가 발생하였다. 대한민국 내 언론 통제로 독일 제1공영방송 ARD의 위르겐 힌츠페터 기자가 5·18광주민주화운동과 그 참상을 세계에 처음으로 알렸다.

1995년에 제정된 '5·18민주화운동 등에 관한 특별법'으로 희생자에게 하는 보상 및 희생자 묘역 성역화가 이뤄졌고, 1997년에 '5·18민주화운동'을 국가기념일로 제정해 1997년부터 대한민국 정부 주관 기념행사가 열렸다. 조선민주주의인민공화국에서도 본 사건을 '광주인민봉기'로 부르며 해마다 기념하고 있다.

이 사건을 모티브로 하여 만들어진 대표적인 영화로는 '꽃잎', '화려한 휴가', '26년', '택시운전사' 등이 있으며, 2024년 대한민국 최초로 노벨 문학상을 받은 한강 작가의 소설 『소년이 온다』도 이 사건을 다루고 있다.

2011년 5월에는 5·18광주민주화운동 관련 기록물이 유네스코 세계기록유산에 정식으로 등재되었다.

2. 개요

1) 12 · 12 군사 반란

1979년 자 10·26 사건으로 인해 박정희 대통령이 사망한 뒤, 같은 해 전두환 등 하나회를 중심으로 한 신군부는 12·12 군사 반란을 일으켜 군부를 장악한 뒤 실권자로 떠오른다. 1980년 초부터 보안사령관 전두환은 K－공작 계획을 실행하여 언론을 조종·통제하기 시작했다. 전두환은 같은 해 4월 14일에 중앙정보부장 서리에 임명돼 대한민국 내의 정보기관을 모두 장악했다.

2) 민주화시위

1980년 5월부터 정치 관여 의도를 드러내는 신군부의 움직임에 대한 반발로 전두환 퇴진을 요구하는 학생 시위가 발생했다. 같은 달 국회에서는 계엄 해제와 개헌 논의를 비롯한 정치 현안에 대한 논의를 본격적으로 진행하기 시작했다. 하지만 신군부는 정국 운영에 방해가 되는 세력들을 제거하기 위해 집권 시나리오에 따라 5월 17일 24시에 비상계엄을 전국으로 확대하였고, 계엄 포고령 10호를 선포하여 정치 활동 금지령, 휴교령, 언론 보도 검열 강화 같은 조치를 내렸다. 신군부는 김대중, 김영삼, 김종필 등을 포함한 정치인과 재야인사들 수천 명을 감금하고 군 병력으로 국회를 봉쇄했다. 광주 지역 대학생들은 5월 18일에 '김대중 석방', '전두환 퇴진', '비상계엄 해제' 등의 구호를 외치며 시위를 일으켰다. 신군부는 부마민주항쟁 때처럼 광주의 민주화 요구 시위도 강경 진압하면 잠잠해질 것으로 판단하였고, 계엄군을 동원해 진압했다. 신군부는 1980년 3월부터 5월 18일 직전까지 공수부대에 충정훈련을 실시했고, 5월 초부터 군을 사전 이동 배치하고 신군부에 반발하는 시위를 진압할 준비를 마친 상태였다.

3) 광주학살의 시작

5월 18일 16시 이후로 광주 시내에 투입된 공수부대원이 운동권 대학생뿐 아니라 시위에 참여하지 않은 무고한 시민까지 닥치는 대로 살상·폭행하는 장면을 목격한 광주시민들은 두려움을 넘어 분노를 느꼈고, 그 결과 중장년층뿐만 아니라 10대 청소년까지 거리로 나서 시위에 참여하면서 5·18광주민주화운동은 걷잡을 수 없이 번졌다. 광주 시민들의 격렬한 저항에 부딪힌 계엄군은 5월 21일 13시경에 전남대학교와 전남도청 앞에서 집단 발포를 한 다음에 철수했다. 이날 저녁 광주시 외곽으로 철수한 계엄군은 광주 외곽도로 봉쇄작전을 펼쳤으며, 이 과정에서 차량 통행자나 지역 주민들의 희생이 발생했다. 5월 27일 0시를 기해 계엄군은 상무충정작전을 실시해 무력으로 전남도청을 점령했다.

10일에 걸친 광주민주화운동 결과 사망자가 166명에 달하는 등 심각한 인명피해가 발생했다. 이후 호남 전역에서 전두환과 신군부에 대한 반감이 극도로 높아졌다. 당시 신군부는 언론 사전검열을 실시하고 관제보도를 의무화하도록 해 언론을 장악하고 조종했는데, 주한미대사관과 주한미군 사령관 등 관련자들의 항의에도 불구하고, 당시 대한민국 내 언론이 미국이 신군부의 쿠데타와 5·18민주화운동 진압을 승인했다는 보도를 쏟아내자 학생운동권 내 미국에 대한 반감이 높아졌다. 이는 부산 미국문화원 방화사건과 강원대학교 성조기 소각사건을 비롯해 1980년대부터 2000년대까지 발생한 각종 민주화 혹은 반미 집회와 시위의 도화선이 됐다.

4) 광주민주화운동으로 재평가됨

신군부 인사를 주축으로 한 제5공화국 정부는 5·18민주화운동을 불순분자 또는 김대중의 사주로 인해 발생한 사건으로 왜곡했다. 1988년 제5공화국 비리 청산 분위기와 맞물려 열린 국회 광주진상특위에서 5·18민주화운동의 진상 조사가 이루어졌다. 1993년 문민정부 출범 이후로 1993년 5월 13일, 김영삼 당시 대한민국 대통령이 5·13 담화에서 '문민정부는 5·18광주민주화운동의 연장선상에 있는 정부'라고 선언하면서 재평가가 가시화됐으며, 1996년 자 검찰의 수사에 의해 신군부 인사의 쿠데타를 통한 집권 의도와 5·18민주화운동 유혈진압 책임이 구체적으로 밝혀졌다. 대법원이 1997년에 5·18, 12·12 진압 관련자를 처벌하면서 공식적으로 광주민주화운동으로 재평가됐다. 대한민국의 대법원은 5·18광주민주화운동에 '피고인(신군부)의 국헌문란행위에 항의하는 광주시민들은 주권자인 국민이 헌법수호를 위하여 결집을 이룬 것.'이라고 규정했다. 대법원은 전두환, 정호용, 이희성, 황영시, 주영복 등을 5·18민주화운동의 진압 책임자로 판시했다.

3. 명칭

5·18광주민주화운동은 5·18민주화운동, 5·18, 광주항쟁, 광주학살 광주사태, 광주민중봉기, 광주시민항쟁 등 다양한 이름으로 불리고 있다. '5·18광주민주화운동'에 대한 명칭은 사건이 한창 진행 중이던 1980년 5월 21일에 계엄사령관 이희성이 "광주에서 소요사태가 일어나고 있다."라고 군부 발표에서 언급한 것이 처음으로, 이후 신군부와 관변 언론 등에 의해 '광주소요사태' 또는 '광주사태' 등으로 보도되면서 일반화되

었다. 이는 광주 자유 민주화 항쟁을 '불순분자들이 체제 전복을 기도한 사태'로 왜곡한 신군부의 주장에 근거한 호칭으로 제5공화국 기간 내내 사용됐으며, 현재는 당시 호칭에 익숙한 노년층이나 신군부를 지지하는 일부 극우 인사들이 사용하고 있다.

현재의 명칭인 '5·18광주민주화운동'은 민주화 직후인 1988년 3월 24일 노태우 정부 산하 민주화합추진위원회가 사건을 민주화운동으로 규정하면서 나왔다. 이후 국회 진상조사특위가 구성될 당시 통일민주당, 평화민주당 측에서는 '민주화투쟁'이라는 명칭을 주장했으나, 노태우가 총재, 전두환이 명예 총재를 맡고 있던 집권 여당 민주정의당은 '투쟁'이라는 명칭을 사용할 경우 투쟁의 대상인 신군부의 책임이 불거질 것을 우려하여 '민주화운동'이라는 명칭을 고집하였다. 결국 이에 통일민주당 측이 타협하면서 '민주화운동'으로 합의되었다. 이후 문민정부에서 '5·18광주민주화운동의 계승'을 자처하고 '5·18민주화운동 등에 관한 특별법'을 제정하는 등 정부에서 '민주화운동'이라는 명칭을 주로 사용함에 따라 공식 명칭으로 자리 잡았다.

한편, 신군부의 군사 독재와 폭력에 맞선 민중항쟁을 광주 민중들이 주도했다는 사실을 강조한 '광주민중항쟁' 또는 '광주항쟁'도 지역 사회와 5월 단체 등이 중심으로서 1980년대부터 사용됐다. 사건이 일어난 날짜를 딴 '5·18'도 널리 통용되는 명칭이다.

4. 발생 배경

1) 배경

1979년 10월 26일, 중앙정보부장 김재규가 박정희 대통령을 암살한

10·26 사건으로 유신 체제는 막을 내렸다. 유신헌법을 개정하고 민주적인 헌법으로 되돌아야 한다는 움직임 속에서, 최규하 대통령은 11월 7일에 긴급조치를 해제해 긴급조치에 의해 금지됐던 개헌 논의를 허용했다. 하지만 12월 12일에 계엄사령부 합동수사본부장 전두환 보안사령관이 계엄사령관 정승화(육군 참모총장)를 체포해 쿠데타를 일으킴으로써, 국민들의 민주 정권 수립 요구는 결국 이루어지지 못했다. 전두환은 1980년 2월에 보안사령부에 지시를 내려 K - 공작계획을 실행해 민주화 여론을 잠재우고 군부의 정치 참여를 정당화하는 방향으로 여론을 조성해 나가고 있었다.

1980년 5월에 초순경 보안사령관 겸 중앙정보부장 서리 전두환의 지시에 따라 보안사에서는 국회와 내각을 무력화하고 정권을 장악하려는 의도에서 '비상계엄 전국 확대', '국회 해산', '국가보위 비상기구 설치' 등을 골자로 하는 집권 시나리오로 '시국수습방안'을 기획했다. 비상계엄 확대 조치와 국가보위 비상 기구를 설치해 신군부에 대한 국민의 저항을 탄압하면서 신군부가 정국을 주도하고, 국회 폐쇄와 정치인 체포로 신군부의 안정적인 정국 장악을 담보한다는 것이 시국수습방안을 기획한 의도였다.

중앙정보부는 일본 내각조사실의 첩보를 토대로 5월 10일에 대북 특이동향을 경고하는 보고서, '북괴남침설'을 작성했고, 5월 12일 심야에 임시 국무회의에서 관련 내용을 보고했다. 육군본부 정보참모부는 5월 11일에 '북괴남침설'과 같은 첩보는 가치가 없다고 결론 내린 상황이었다. 주한미군 사령관 존 위컴은 5월 13일에 '북괴남침설'은 근거가 없으며, 전두환이 청와대의 주인이 되기 위해 흘린 구실이라고 본국에 보고했다. 미국 국무부 대변인은 같은 날에 미국은 '북괴남침설'과 관련된 어떤 정보도 입수하지 못했다고 발표했다. 뒷날 남침설을 제보했다고 알려진 당시 일본의 내각 조사실 한반도 담당반장은 "그런 구체적인 내용을 말한 적도, 그런 정보도 없었다."라고 밝혀 신군부가 집권을 정당화하기 위해 악용했던 '북괴남침설'은 신군부로 말미암아 조작된 것으로 드러났다.

한편 같은 해 5월 중순부터 정부와 국회에서는 민주화 일정을 앞당기고 있었다. 5월 12일에 신민당과 공화당 양당 총무들은 개헌안을 접수하였고, 비상계엄 해제 등의 정치 현안을 논의하기 위해 5월 20일 10시 임시국회의 소집을 공고했다. 같은 날 신현확 총리는 국회와 협의를 통해 헌법을 개정하고, 개헌 일정을 앞당긴다는 내용의 담화를 발표했다.

1980년 5월 초부터 신군부 세력의 정치 관여를 반대하기 위해, 학생과 시민 10만여 명이 모여 서울역에서 시위를 벌였고, 5월 15일 시위대 대열 속에 속했던 청년 한 명이 버스를 탈취하여 저지선을 돌파, 전경에 돌진하여 전경 이성재 일경이 사망하고 4명이 중상을 입는 사고가 발생했다. 신군부는 5월 17일 24시에 5·17 비상계엄 전국 확대 조치를 내려 18일 1시 자로 계엄령이 전국으로 확대됐다. 신군부는 같은 날 새벽 2시에 국회를 무력으로 봉쇄해 헌정중단 사태가 발생했다. 김대중, 김종필 등 정치인 26명은 합동수사본부로 연행됐고 2,600여 명의 학생, 교수, 재야인사 등이 체포됐다. 신민당 총재 김영삼은 무장헌병들에게 가택 연금됐다. 신군부가 이날 내린 비상계엄 전국 확대 조치·정치 활동 금지, 휴교령 등의 민주주의 역행 조치에 항의해 전남대학교 학생들은 5월 18일 오전에 학교 정문 앞에서 시위를 했고, 공수부대는 학생들을 구타, 폭행으로 진압했다. 과격한 공수부대의 투입은 5·18광주민주화운동의 직접적인 원인이 됐다.

공수부대의 투입에는 제31향토방위사단장 정웅의 개입이 있었다. 이에 대해서 정웅은 광주법정에서까지 부정을 하지만, 투입됐던 진압군의 증언에 의하면 정웅은 시위대의 강경진압, 해산, 전원체포를 주문한다.

2) 공수부대의 폭력 진압의 배경

신군부는 집권 시나리오에 따라 이루어질 조치에 대한 반대 집회가 있을 것으로 예상했다. 이에 전두환(보안사령관), 황영시(육군참모차장), 정호용(특전사령관) 등 신군부 핵심 세력은 진압병력 투입 및 강경진압 방침을 결정했다. 시국수습방안은 계엄 확대와 동시에 공수부대를 투입해 과감한 방법의 타격으로 시위대를 진압한다는 지침이 즉각 실행될 것을 전제로 하는 것이었다.

1980년 3월 4일부터 3월 6일까지 수도경비사령부에서는 '1차 충정회의'에서 군의 투입을 요하는 사태 발생 시 강경한 응징조치가 필요하다고 내려졌으며, 이미 80년 초에 학생 시위가 가열될 것을 대비해 전국 군부대에 충정훈련이 강도 높게 실시됐다. 5월 10일부터 2군사령부에서는 광주, 대전 등에 제7공수여단을 배치하는 방안을 의논했다. 5월 14일부터 제31향토방위사단은 광주 지역의 주요 보안 목표를 점거하기 시작했으며, 5월 15일 제7공수여단은 광주, 대전으로 이동할 준비를 마쳤다.

광주 시내에서의 시위 진압에 투입된 한 공수부대원은 시위 진압이 해산 위주가 아닌 체포 위주였기 때문에 과격 진압이 발생했다고 진술했다. 실제로 계엄사령부와 2군사령부 등 체포 위주로 진압하라는 상부의 지시는 공수부대원들의 과격 진압을 부채질했다. 광주에서 시위가 계속되자 계엄부사령관인 육군 참모차장 황영시는 강력하게 진압하도록 지시했다. 5월 18시 23시 자로 2군사령관의 강조 사항이 각 공수부대에 지시됐다. 이 지시는 '공수부대 시내 출동, 융통성 있게 운영'하며, '전 가용 작전부대 투입'하여 '주모자를 체포'하고 '단호한 조치'를 취하라는 것이었다. 같은 날 내려진 지시는 '포고령 위반자는 가용 수단 동원 엄중 처리'하며 '소요자는 최후의 1인까지 추격하여 타격 및 체포'하도록 지시했다. 이 같은 지침으로 인해 현장에 투입된 공수부대원들은 더욱 과격한 진압에 나서게 되었다.

계엄사는 비상계엄 전국 확대와 김대중 연행에 항의하는 광주 시민들의 시위를 '불순분자'나 '고정간첩'들의 책동으로 몰아갔다. 계엄사령관 이희성은 담화문을 5월 21일에 발표했다. 이 담화문에서 "오늘의 엄청난 사태로 확산된 것은 상당수의 타 지역 불순인물 및 고정간첩들이 사태를 극한적인 상태로 유도하기 위하여 여러분의 고장에 잠입, 터무니없는 악성 유언비어의 유포와 공공시설 파괴 방화, 장비 및 재산 약탈행위 등을 통하여 계획적으로 지역감정을 자극, 선동하고 난동행위를 선도한 데 기인된 것이다."라고 규정했다. 이렇듯 사실을 왜곡한 채 '불순분자의 소행'으로 시위를 규정하는 상층부의 인식과 지침들은 공수부대원들에게 일정하게 영향을 미쳤다. 이 같은 요인들 때문에 현장에서 시위진압에 나섰던 공수부대원들은 시위를 '불순분자'의 소행 또는 시위대를 '적'으로 규정했고, 이러한 잘못된 인식은 결과적으로 공수부대원들이 시민들을 대상으로 폭력적이고 가혹한 진압을 하는 배경이 됐다.

5. 전개

1) 사건 초기

① 5 · 17 조치 이전 계엄 반대 시위

5월 15일 자 광주에서는 오후 4시에 대학생 3만여 명이 도청 앞에 모여 복학생 대표 정동년이 시국선언문을 낭독하는 등 대규모 시가지 가두행진을 벌였다. 학생 지도부는 학생들에게 휴교령을 내리면 16일 오전 10시에 학교 정문 앞에 모여 시위를 벌인 다음에 정오에 도청 앞 분수대로 집결하라는 시위 방침을 시달했다. 5월 17일 오후 9시, 신군부 세력의 압력으로 개최된 비상국무회의는 비상계엄령을 내리도록 의결했다. 보안사령부는 오후 10시경에 야당 인사인 김대중, 김영삼, 김종필 등을 체포 감금했고, 수도경비사령부 병력이 국회를 점령해 국회의 기능을 마비시켰다. 이날 자정 비상계엄 전국 확대와 동시에 계엄포고령 제10호가 선포돼 대학휴교령, 보도검열강화, 정치활동금지 등의 조치가 내려졌다. 새벽 2시 제7공수부대는 조선대학교와 전남대학교를 점령했다. 공수부대원들은 각기 조를 편성해 광주 시내 각 학교의 입구를 지키고 검문 검속했다.

② 대학생 시위와 계엄군의 폭력

계엄령이 전국으로 확대된 5월 18일 당일 아침 9시 이후, 텔레비전 방송, 라디오, 신문을 통해 비상계엄 전국 확대 소식이 보도됐다. 전남대학교 학생 100여 명은 18일 오전에 교문 출입을 저지하는 공수부대원에 돌을 던지기 시작했고, 이로 인해 공수부대 측에서 부상자가 발생하자, 이에 분개한 공수부대원으로 말미암아 학생들은 구타를 당했고, 일부 학생들은 금남로로 이동했다. 전남대 학생 300여명은 가톨릭회관에 집결해 시위했다. 이에 경찰은 최루탄을 발사하며 해산을 시도했다.

③ 계엄군의 무차별 진압

신군부는 신속하고 강력한 시위진압을 위해 5월 18일 오후 4시에 제7공수여단을 시내에 투입했다. 제7공수여단은 시위 학생이 아닌 일반 행인들에게도 무차별 폭력을 가했다. 이에 학생들은 반발하며 광주 도심으로 옮겨가 시위를 계속했으나 계엄군이 곤봉과 대검으로 학생과 일반 시민을 가리지 않고 살상했다.

계엄군이 시민들에게 무차별 학살을 가한 사례들이 이러하다.

● 북동 276번지 3층 건물 2층에는 동아일보 광주 지사가 있고, 거기에는 정은철 총무와 배달 학생들과 도망 온 시민 3명이 있다. 공수부대원들은 건물 안으로 들어와 도망 온 시민 3명을 짓밟고 개머리판으로 짓이긴 뒤 데리고 갔다. 한참 뒤, 두 군인들은 다시 들어와 정은철 총무 뒷덜미를 낚아챘다. 정은철 총무는 업무를 보던 상태였다. 정 총무는 의자와 함께 넘어졌고 두 군인들은 정 총무를 마구 짓밟고 개머리판으로 내리쳤다. 정 총무는 제대로 움직이지도 못하고 꿈틀거렸고, 두 군인은 정 총무의 두 발을 양쪽에 하나씩 붙잡고 끌고 갔다. 머리는 땅바닥에 끌린 채였다. 그 뒤, 두 군인들은 또 들어와서 담당구역 수금하고 들어왔던 배달 학생 박준하 씨를 진압봉으로 수도 없이 때리고 짓밟은 뒤에 정 총무처럼 끌고 나갔다. 박준하 씨는 계단에서 실신했고, 두 군인은 그대로 팽개쳐두고 내려갔다.

● 군인들은 부부들이 탄 택시를 붙잡았다. 부부들은 끌려나왔고 군인들은 몽둥이와 장작개비와 군홧발 세례를 먹인다. 신부는 치마저고리가 갈기갈기 찢기고 신랑은 아프다며 소리를 질렀다. 군인들은 "빨리 꺼져"라고 소리를 질렀다.

● 군용트럭이 11대가 줄을 지어서 행렬해 있다. 그 대열에서 마지막 차량에 젊은 여성은 옷이 갈기 찢겨 젖가슴이 보일 정도였고, 그 옷은 피투성이었다. 병원 옷을 입은 사람이 하얀 간호사 가운을 들고 나왔다. 병원 옷을 입은 남자는 옷을 여자에게 주려다 군인들에게 붙잡혀 군홧발과 몽둥이세례를 받았다.

● 조선대 의대 4학년 재학 중이던 이민오 씨는 광주일고에서 하는 동문 체육대회에 참여했다. 그런데 주변에서 공수부대원들이 쫓아왔다. 이민오씨는 교장관사까지 도망쳤지만 거기까지 쫓겨 구타당했다. 췌장과 비장이 파열됐다.

● 청각장애인 김경철 씨는 친구들과 점심을 먹고 집으로 돌아오던 중 공수부대의 눈에 띄어 구타를 당한다. 그 결과 뒤통수가 깨지고 눈이 터졌으며 팔과 어깨가 부셔졌고 엉덩이와 허벅지가 으깨지는 부상을 당했다. (후두부 찰과상과 열상, 뇌안상검부열상, 우측 상지전박부 타박상, 좌견갑부 관절부 타박상, 진경골부, 둔부와 대퇴부 타박상) 그는 광주 적십자병원으로 후송됐지만 뇌출혈로 이튿날 새벽 결국 사망했다.

2) 전개 과정

① 광주 시민의 시위와 계엄군의 폭력

19일부터 시위의 성격이 변화를 보이기 시작했다. 대학생 중심이던 시위에 계엄군의 폭력에 분노한 광주의 일반 시민들과 고등학생들까지 거리로 뛰쳐나와 대학생들의 민주화 요구 시위에 합류하기 시작했다. 19일 오후 시위에 참가한 시민은 최소 3천 명 이상으로 증가했다. 계엄군의 진압은 가혹하게 변했다. 공수부대는 학생, 시민, 남녀노소, 행인을 가리지 않고 폭력을 가했다. 20일 시위대의 규모는 20만 명 이상에 이르렀다. 광주 시내 택시, 일부 시내·시외 버스 200여 대가 계엄군의 진입로를 가로막기도 했다. 공수부대원들은 시민들을 진압봉이나 총의 개머리판으로 무차별 구타하고 대검으로 찌르고 옷을 벗기는 등 과격진압을 자행했다. 일부 시민들이 공수부대의 지휘를 맡고 있던 전투교육사령부를 찾아가 직접 항의를 했으나 효과가 없었다. 보안사의 통제를 받던 언론이 '불순분자와 폭도들의 난동'으로 보도한 데 격분한 시위대는 광주 MBC 방송국을 방화했다. 20일 24시 계엄군은 광주역 앞에서 최초의 집단 발포를 가했다. 발포 이후 2군 사령부로부터 발포금지와 실탄 배분 금지 명령이 떨어졌지만, 11공수여단은 이를 무시하고 실탄을 분배했고, 다음날인 5월 21일에는 계엄군의 집단발포로 연결됐다.

② 계엄군의 발포 및 광주 시민 학살

5월 21일 오전에 전남도청과 전남대학교 앞에서 계엄군과 시위대가 대치하고 있었다. 시민 대표는 21일 오전에 계엄군과 협상을 진행했지만 결렬됐다. 전남도지사는 헬기에 타고 확성기로 21일 정오까지 공수부대를 철수시키겠다는 발표를 했다. 그러나 공수부대 철수 약속은 지켜지지 않았고, 수세에 몰린 계엄군은 시위대를 향해 무차별 발포(21일 정오 12시경 전남대 앞, 21일 오후 1시경 당시 전남도청 앞)를 시작했으나, 시위대는 이에 굴하지 않았다. 도청 집단 발포 이후, 공수부대원들은 금남로에 위치한 전일빌딩, 수협, 광주관광호텔 등에 4인 1조로 올라가 조준사격을 가했고, 수많은 사망자가 발생했다. 이날 광주시내 120여 개의 병원과 보건소, 3개의 종합병원 등에는 감당하기 어려운 사상자들이 몰려들었다.

③ 광주 시민의 항쟁

집단 발포가 일어난 21일 오후부터 시민들은 계엄군의 폭력으로부터 자신들을 지키기 위해 무장하기 시작했다. 시민들은 전라남도 나주시, 화순군 지역에서 경찰서와 파출소의 예비군 무기고를 열어 총을 들고 무장해, 시민군을 결성했다. 시민들은 광주의 유일한 자동차 공장인 아시아자동차로 몰려가 차량을 탈취했다. 일부 시민군은 260여 대의 차량을 몰고 나주와 화순 등으로 외부에 광주의 소식을 알리러 떠났다. 총과 실탄, 폭약 등 각지에서 탈취된 무기는 시민들에게 분배됐다.

계엄군은 상부의 지시에 따라, 광주시 외곽으로 퇴각했다. 시민군은 21일 저녁에 계엄군이 물러난 전라남도 도청을 점령했다. 21일 저녁, 전두환의 지시에 따라 보안사 정도영 준장은 자위권 발동을 경고하는 담화문을 계엄사령관 이희성에게 전달했다. 계엄사령관 이희성은 오후 7시에 보안사에서 전달한 자위권 발동 경고 담화문을 발표했다. 이희성은 광주 지역의 시위를 '광주사태'로 명명하고 불순분자와 폭도들의 난동으로 묘사했다.

다음은 그 담화문의 전문이다.

친애하는 국민 여러분, 본인은 오늘의 국가적 위기에 처하여 국가 민족의 안전과 생존권을 보유하고 사회 안녕질서를 유지해야 할 중대한 책무를 지고 있는 계엄사령관으로서 현 광주시 일원에서 벌어지고 있는 작금의 비극적인 사태를 냉철한 이성과 자제로써 슬기롭게 극복해 줄 것을 광주시민 여러분의 전통적인 애국심에 호소하여 간곡히 당부코자 합니다.

지난 18일 수백 명의 대학생들에 의해 재개된 평화적 시위가 오늘의 엄청난 사태로 확산된 것은 상당수의 타지역 불순 인물 및 고첩 고정 간첩들이 사태를 극한적인 상태로 유도하기 위하여 여러분의 고장에 잠입, 터무니없는 악성 유언비어의 유포와 공공시설 파괴, 방화, 장비 및 재산 약탈 행위 등을 통하여 계획적으로 지역감정을 자극, 선동하고 난동 행위를 선도한데 기인된 것입니다.

이들은 대부분이 이번 사태를 악화시키기 위한 불순분자 및 이에 동조하는 깡패 등 불량배들로서 급기야는 예비군 및 경찰의 무기와 폭약을 탈취하여 난동을 자행하기에 이르렀으며 이들의 극한적인 목표는 너무나도 자명하며 사태의 악화는 국가 민족의 운명에 파국적인 결과를 초래할 것이 명약관화한 것이 사실입니다.

본인은 순수한 여러분의 애국 충정과 애향심이 이들의 불순한 지역감정 유발 책동에 현혹되거나 본의 아니게 말려들어 돌이킬 수 없는 국가적 파탄을 자초하는 일이 없도록 조속히 이성을 회복하고 질서 유지에 앞장서 주시기 바라며 가정과 지역의 평화적 번영을 위하여 각자 맡은 바 생업에 전념해 주시기를 충심으로 당부하는 바이며 다음과 같이 경고합니다.

경고

1. 지난 18일에 발생한 광주 지역 난동은 치안 유지를 매우 어렵게 하고 있으며 계엄군은 폭력으로 국내 치안을 어지럽히는 행위에 대하여는 부득이 자위를 위해 필요한 조치를 취할 수 있는 권한을 보유하고 있음을 경고합니다.

2. 지금 광주 지역에서 야기되고 있는 상황을 볼 때 법을 어기고 난동을 부리는 폭도는 소수에 지나지 않고 대다수의 주민 여러분은 애국심을 가진 선한 국민임을 잘 알고 있습니다. 선량한 시민 여러분

께서는 가능한 한 난폭한 폭도들로 인해 불의의 피해를 입지 않도록 거리로 나오지 말고 집 안에 꼭 계실 것을 권고합니다.

3. 또한 여러분이 아끼는 고장이 황폐화되어 여러분의 생업과 가정이 파탄되지 않도록 자중자애하시고 과단성 있는 태도로 폭도와 분리될 수 있도록 함으로써 계엄군의 치안 회복을 위한 노력에 최대의 협조가 있기를 기대합니다.

1980년 5월 21일

계엄사령관 육군대장 이희성

④ 광주외곽봉쇄작전

1980년 5월 21일 19시 30분에 광주시 외곽 도로망을 완전 차단하라는 지시(작전지시 80-5호)가 계엄사령부로부터 전투교육사령부(전교사)에 내려져 광주 시내로부터 철수한 계엄군은 외곽봉쇄작전을 수행했다. 5월 21일 21시 30분 광주 외곽에 배치된 계엄군에 방어적 발포를 승인하는 자위권 발동이 고지되고, 실탄이 분배되기 시작하면서 계엄군이 무차별 발포에 나서는데 직접적 영향을 미쳤다. 광주외곽봉쇄작전이 실시되는 동안 주남마을 미니버스 총격사건, 송암동 학살을 비롯한 시민 살상 행위가 광주 외곽 곳곳에서 이루어졌다. 5월 24일에는 계엄군 간 2차례 오인 교전이 일어나 계엄군 13명이 사망했다.

⑤ 광주 시민의 자치

22일 이후로 광주는 군인에게 완전 포위·봉쇄당했다. 광주는 철저하게 고립됐고, 전국 각지에 온갖 유언비어가 확산됐다. 외신기자들에 따르면 계엄군이 물러가고 시민군이 치안과 방위를 담당하는 가운데, 시민들은 자치질서를 찾아가고 있었다. 계엄군에 의해 외부와의 통신과 교통이 차단된 상황에서 이들은 계속해서 계엄의 해제와 자유 민주화 요구 인사 석방을 요구하면서 자유 민주화 시민군 대표를 조직해 계엄군과 협상에 나서는 한편, 시민군 자체적으로 무기를 회수하고 도시의 치안을 담당했다. 광주항쟁 기간 동안 광주 시민들은 높은 시민정신과 도덕성을 보여주었다. 다 함께 부상자를 치료하기 위한 헌혈 행렬이 이어지고 행정력과 치안력 공백상태에서도 큰 사건 사고가 한 건도 발생하지 않았다. 광주의 상점가, 금융기관, 백화점에서 단 한 건의 약탈도 없었다. 시민 자치 기간에도 광주 시민의 협력으로 행정기관의 역할이 상당 부분 유지됐다. 당시 전라남도 부지사 정시채를 비롯한 공무원도 전남도청에 정상 출근했다. 공직자들은 5·18 당시 양곡 방출이나 부상자 처리 등의 행정업무에 적극적인 역할을 했다. 이 기간은 '광주해방구' 또는 '해방광주'라고 불리기도 한다. 일부 지식인들은 광주 자유 민주화 항쟁 당시 광주를 프랑스 시민들의 자치가 시행된 파리 코뮌 당시의 파리에 비유하기도 한다.

⑥ 평화 집회

'해방 광주'로 불리는 동안 일부 시민들은 스스로 계엄사에 무기 자진 반납을 했으나 일부 시민들은 지속적인 투쟁을 주장하며 계속 무장해야 된다고 주장했다. 수차례에 걸친 내부 대책회의와 협상 끝에 계속 무장을 해야 된다는 쪽으로 가닥이 잡혔다. 평화적 시위는 계속됐고 '애국가'와 '울 밑에선 봉선화' 등을 부르며 아침부터 저녁까지 평화집회를 계속하고 있었다. 광주 시민은 "김일성은 오판 말라"라는 구호를 외치

기도 했다.

⑦ 광주 재진입 작전

5월 27일 새벽, 군인 25,000명을 투입한 계엄군의 상무충정작전이 시작됐다. 5월 27일 새벽 2시에 광주 시내로 들어온 계엄군은 27일 아침, 전라남도 도청에서 일방적으로 1만여 발을 사격해 끝까지 남아 항전하던 시민군을 살상했다. 도청 내 일부 시민군은 자진 투항하자는 의견과 결사항쟁 의견으로 나뉘었고, 의견의 일치를 보지 못한 채 날이 밝으면서 계엄군이 전라남도 도청을 점령하면서 시민군 생존자를 체포·연행했고, 진압 작전을 마무리했다.

⑧ 미국 측의 반응

대한민국 측은 5월 18일 0시에 시작된 비상계엄 확대 선포 2시간 전에 갑작스럽게 이를 미국에 통보했다. 미국은 한국군 당국이 정치 지도자들을 체포하고, 대학과 국회를 폐쇄하려는 의도를 사전에 알지 못했다. 미국은 5월 18일 오전에 서울과 워싱턴에서 계엄령 실시에 강력하고 맹렬하게 항의했다.

계엄사령부가 5·18광주민주화운동에 동원한 특전사 부대나 20사단 부대는 광주에 투입될 당시나 광주에서 작전을 수행하던 중에는 한미연합사 작전통제권 아래에 있지 않았다. 그 기간에 광주에 투입되었던 한국군의 어느 부대도 미국의 통제 아래에 있지 않았다. 특전사령부 예하 여단은 한미연합사의 작전통제권 하에 있었던 적이 없다. 20사단의 경우, 10·26 사건에 뒤따를 혼란에 대비한다는 대한민국 측 요청에 따라, 10월 27일에 20사단 포병대와 예하 3개 연대의 작전통제권이 한미연합사에서 대한민국 육군으로 넘어왔다. 그렇기 때문에 미국은 특전사 부대가 광주에 배치된 것을 사전에 몰랐으며, 작전통제권을 행사하지 못했다.

미국 측은 5·18광주민주화운동 초기에 방관적이었다. 5월 18일 자정이 조금 지난 시각에 주한미대사관으로부터 미국 국무부로 타전된 전문에서는 광주에 대한 언급이 없다. 5월 20일까지만 해도 광주에서 일어났던 일들에 대한 미국 측의 인식은 막연한 소문에 불과했고, 공수부대의 광주 과잉진압 문제는 서울에서 일어났던 신군부에 의한 정치탄압 사건에 비해 우선순위에서 밀려 있었다. 미국의 인식은 5월 21일부터 바뀌기 시작했다. 이때는 이미 5·18민주화운동의 비극의 씨앗이 된, 시위 군중에 대한 강압적인 진압이 이루어진 다음에 특전사 부대가 광주시 외곽으로 철수한 시점이다. 미국은 이후에 광주사태에 대한 평가에서 첫 무력 진압이 이루어진 18일이나 27일의 전면 재진압보다는 5월 21일을 사태의 정점으로 파악하고 있다.

미국은 5월 21일 이후에 신군부와 신군부에 반대하는 대한민국 국민 양쪽으로부터 동시에 입장 표명의 압력을 받았는데, 주한 미국 대사 윌리엄 글라이스틴 주니어는 워싱턴에 성명서에 포함시킬 항목을 다음과 같이 제안했다.

- 우리는 광주에서의 시민 분쟁(civil strife)에 경악하고 있음(alarmed)
- 모든 관련 당사자들이 극도의 자제심을 발휘, 평화적인 문제 해결을 위해 대화를 추진할 것을 촉구함

글라이스틴의 제안대로 이튿날인 5월 22일 오전에 미국 국무부 대변인 호딩 카터는 글라이스틴의 문안을 거의 그대로 반영한 성명을 발표했으나 언론을 통제하고 있던 대한민국의 신군부는 미국의 이런 입장이 일

반인에게 전달되는 길을 봉쇄해 버렸다. 글라이스틴과 주한 미군 사령관 존 A. 위컴 주니어의 오판이었다. 그렇지 않아도 신군부 측에 반감을 가지고 있었던 위컴은 자신은 광주사태를 사전에 인지하지 못하였으며, 이 일을 벌인 신군부를 두고두고 비난하였다.

5월 22일 오후, 미국에서 열린 정책 검토 위원회(Policy Review Committee)는 "지금까지 우리가 취해온 행동 이상의 일은 할 필요가 없다는 데에 동의. 우리는 온건한 방법을 선택할 것을 조언했으나, 대한민국 국민이 질서 회복의 필요를 느낄 경우 무력을 사용하는 것을 배제하지는 않았음"이라는 광주 상황에 대한 방침을 정했다.

글라이스틴과 박충훈 국무총리 서리는 첫 회동을 5월 23일에 두었다. 글라이스틴은 대한민국 측에 5월 17일 자 계엄령 확대 정책이 미국에 충격을 주었다고 말했다. 그는 학생 시위를 확고하게 진압하는 것은 필요할지 모르지만 정치 탄압을 수반한 것은 정치적으로 어리석은 일이며, 결국 광주에서 심각한 사태가 발생하는 데 일조한 것이 틀림없다는 견해를 보였다.

⑨ 날짜별 상세 일지

5월 16일 금요일 이전

- 5월 1일부터 5월 15일까지 전국 대학생 10~20만 명이 모여 지상 서울역 광장 주변에서 집회.
- 5월 15일 대학생 단체 간부들에 의해 대한민국 경찰의 출동 소식을 사전에 접하고 서서히 해산.

5월 17일 토요일

- 21시 40분: 비상국무회의에서 비상계엄 전국 확대 의결.

- 22시 00분: 민주인사, 복적생, 학생운동 지도부 등 예비 검속 실시.

- 24시 00분: 5월 17일 24시부로 비상계엄령을 전국으로 확대. 신군부 계엄포고 제10호를 통해 정치활동 금지, 언론검열 강화, 대학교 휴교령 선포. 주요 도시의 각 대학에 계엄군 진주. 전주 전북대에 주둔한 계엄군은 도서관에서 공부하던 학생까지도 잡아들여 폭행. 이 과정에서 대학생 사망자가 1명 발생. 전북대 농학과 2년인 이세종(당시 21세)은 5월 17일 12시께 계엄군에 쫓기다 전북대 학생회관 옥상에서 떨어져 사망(추락사).

5월 18일 일요일

- 01~02시 경: 보안사령부(사령관 전두환)가 김대중 등 재야 인사와 김종필 등 공화당 지도자를 체포하고 여의도 국회의사당을 점령. 국회 기능 마비됨.

- 09시 40분: 계엄군에 의해 전남대 학생 50여 명이 교문 앞에서 등교 저지당함.

- 10시 00분: 전남대학교 주둔 계엄군을 상대로 전남대학교 학생들이 "계엄 해제하라", "휴교령 철폐하라."라는 구호를 외치며 항의 시위를 벌임. 이 과정에서 공수부대를 향해 투석을 시작.

- 10시 15분: 학생들이 던진 돌에 부상자가 발생한 데에 분개한 계엄군(공수부대원들)이 곤봉을 휘두르며 항의 시위 진압. 학생들이 피를 흘리며 쓰러짐. (계엄군 측, 시민 측 첫 번째 부상자 발생)

- 10시 20분: 일부 학생들이 교문을 벗어나 광주 금남로로 이동함.

- 11시 00분: 전남대 300여 명 가톨릭 회관 집결, 경찰이 최루탄을

발사하며 해산시킴.

- 12시 00분: 전남대학교 학생들이 교문 밖으로 쏟아져 나옴.

- 15시 40분: 금남로 유동 삼거리에서 계엄군이 시위대를 강경 진압. 진압 과정에서 시위대로 추정되는 시민들을 잡아다가 구타 및 현장 체포함. 광주 공용터미널에서 청각장애인인 김경철이 계엄군에게 전신 구타당함.

- 19시 02분: 계엄사령부, 통행금지령 확대 국내외 방송을 통해 통행금지 시간을 저녁 9시로 당긴다고 발표함.

- 20시 00분: 공수부대의 무차별 구타에 불안, 흥분한 시민들이 자발적으로 학생들에게 동조.

- 21시 00분: 계엄사령부 사령관 이희성 명의로 방송과 라디오를 통해 해산 경고문 발표함.

5월 19일 월요일

- 03시 00분: 11 공수여단이 증원군으로 광주 도착(청각장애인 김경철 병원에서 사망 - 두 번째 희생자).

- 09시 30분: 시민들이 계엄군의 무자비한 탄압에 맞서 임동, 누문동 파출소 방화

- 10시 00분: 시민 수가 점차 불어나면서 금남로에서 공수부대원들과 투석전 전개. 11공수여단 위력 시위 이후 착검한 상태로 진입, 대검으로 인한 자상(刺傷)자 발생. 11공수여단 약 천여 명이 강경 진압을 강행했고, 3~4명이 한 조가 돼 골목마다 누비며 상대를 가리지 않고 무차별 폭행.

- 14시 40분: 조선대학교로 철수했던 공수부대가 다시 투입돼 무리한 진압 작전 전개.

- 15시 00분: 시내 기관장과 유지들, 회의를 하고 시위 진압을 완화해 달라고 계엄사령부에 건의.
- 16시 30분: 계림 파출소 근처에서 조대부고 고등학생 김영찬이 총격 부상을 당함(최초의 실탄 사격).
- 20시 00분: 시민들이 시위대 합류. 수만 명이 "전두환 물러가라", "김대중 석방하라", "비상계엄 해제하라" 등의 구호를 외침.

5월 20일 화요일

- 08시 00분: 고등학생들의 참여에 자극받은 정부는 문교부를 통해 광주 시내 및 광산군, 나주군 일대 고등학교에 휴교 조치 하달.
- 10시 20분: 가톨릭 센터 앞에서 남녀 30여 명이 속옷만 입은 채 끌려나와 마구잡이 구타당함. 공수부대와 시민 사이에 공방전 계속.
- 18시 40분: 택시 및 버스 200여 대가 금남로에서 도청을 향해 차량 경적 시위.
- 20시 00분: 택시 및 버스 200여 대가 계엄군 및 공수부대원의 진입을 가로막음.
- 20시 10분: 시위대, 도청으로 서서히 이동. 금남로, 충장로 등에서 택시와 차량에 가로막힌 공수부대 및 경찰과 대치함.
- 21시 00분: 택시 200여 대와 버스들은 진입로를 차단, 공수부대 및 경찰과 충돌. 일부는 우회해서 감.
- 21시 05분: 노동청 쪽에서 시위대 버스가 경찰 저지선으로 돌진해 경찰 4명 사망.
- 21시 50분: 광주민주화운동을 왜곡 보도한 광주 MBC 건물 방화.
- 23시 00분: 광주역 광장에서 계엄군 발포. 시민 김만두, 김재화, 이북일, 김재수 사망. 시민 수십 명 부상.

5월 21일 수요일

● 00시 35분: 노동청 방면에서 군중 2만여 명이 계엄군과 공방전 전개, 광주역에서 철수하던 계엄군, 대검과 곤봉 등으로 시위대 2명 살해. 계엄군 측 부상자 5명으로 보고됨.

● 02시 18분: 시외전화 두절.

● 04시 00분: 시민들이 광주역 광장에서 사망한 시체 2구를 손수레에 싣고 금남로에 등장함.

● 04시 30분: 광주 KBS 건물 방화.

● 08시 00분: 시위대, 광주공업단지 입구에서 진압 명령을 받고 투입된 20사단 병력과 충돌함.

● 10시 00분: 시민들이 아시아자동차공장에서 군용 트럭, 장갑차 탈취해 광주시 내로 몰고 들어옴.

● 10시 15분: 도청 앞, 실탄을 지급받은 공수부대원을 맨 앞으로 배치함.

● 11시 10분: 대형 헬기가 도청광장에 도착함.

● 12시 10분: 전남대 진출을 시도한 시위대가 전남대 앞에 배치된 공수부대원들의 저지에 밀려 신안동 굴다리까지 1km 후퇴. 공수부대의 진압 도중 시민 4명 사망함.

● 12시 59분: 아시아자동차공장에서 몰고 온 장갑차 1대가 도청광장으로 기습 진출.

● 13시 00분: 공수부대의 집단 발포가 시작됨.

● 13시 20분: 청년들이 금남로에서 공수부대의 집중사격을 받고 계속 쓰러짐, 이때부터 공수부대원들이 주요 빌딩에 올라가 시위대를 향해 조준 사격 시작.

● 14시 00분: 시위대가 나주시, 화순군 등지의 예비군 무기고에서

무기를 탈취해 무장 시작.

● 14시 15분: 도지사, 경찰 헬기에서 시위 해산을 종용하는 설득 방송.

● 14시 40분: 시민들이 지원동의 탄약고에서 TNT 입수.

● 15시 48분: 공수부대원들이 주요 빌딩 옥상에서 시위대를 향해 조준 사격.

● 16시 00분: 화순군, 나주군 지역에서 무기 획득한 시위대들이 도청 앞에서 시가전 전개.

● 16시 43분: 학생들, 전남대병원 옥상에 M2 중기관총 2대 설치.

● 17시 30분: 7공수여단, 11공수여단 도청에서 조선대학교로 철수, 3공수여단은 광주교도소로 철수.

5월 22일 목요일

● 광주 시내가 계엄군에 의해 고립됨.

● 광주시내에서 시민군이 계엄군을 모두 몰아냄 (26일 새벽에 계엄 군이 재진입할 때까지 광주시내에서 계엄군이 모두 철수).

● 09시 00분: 도청광장과 금남로에 시민들 집결.

● 10시 30분: 군용 헬기 공중 선회하며 '폭도들에게 알린다'라는 내용의 전단 살포.

● 11시 25분: 적십자병원 헌혈차와 시위대 지프가 돌아다니며 헌혈 호소.

● 12시 00분: 도청 옥상의 태극기가 검은 리본과 함께 반기 게양.

● 13시 30분: 시민수습위원회 대표 8명이 상무대 계엄 분소 방문, 7개 항의 수습안 전달.

● 15시 58분: 시체 18구를 도청광장에 안치한 채 시민대회 개최.

- 17시 18분: 수습위 대표, 상무대 방문 결과 보고.

- 17시 40분: 도청광장에 시체 23구 도착.

- 18시 00분: 20사단이 통합병원 진입로 확보를 위해 1km 전진하며 사격, 작전 중 지역 주민 8명 사망.

- 19시 00분: 동양방송 라디오(현 KBS 제3라디오) 뉴스 프로그램인 뉴스 기상도에서 광주민주화운동 관련 중간조사 결과 뉴스 보도.

- 21시 30분: 박충훈 신임 국무총리, "광주는 치안 부재 상태"라고 방송.

5월 23일 금요일

- 08시 00분: 학생들, 시민들에게 청소 협조 호소.

- 10시 00분: 시민 5만여 명이 도청광장에서 집회를 개최함.

- 10시 15분: 수습위 무기회수반을 조직해 총기 회수 작업 시작.

- 11시 45분: 도청과 광장 주변에 사망자 명단과 인상착의 벽보 게시.

- 13시 00분: 지원동 주남 마을 앞에서 공수부대가 소형버스에 총격, 17명 사망.

- 15시 00분: 제1차 범시민 궐기대회 개최, 계엄사의 '경고문' 전단이 시내 전역에 살포.

- 19시 40분: 최초 석방자 33명 도청광장에 도착.

5월 24일 토요일

- 13시 20분: 11공수부대, 원제 마을 저수지에서 수영하던 소년들에게 사격, 4명 사망.

- 14시 20분: 송암동에서 11공수부대와 전투교육사령부 부대 사이

에 오인 총격전 발생 9명 사망 40여명 부상, 오인 총격전 직후 공수부대원이 주변 민가를 수색해 마을 청년 4명 처형.

- 14시 50분: 제2차 민주수호 범시민 궐기대회 개최.

5월 25일 일요일

- 11시 00분: 천주교 김수환 추기경이 메시지와 함께 광주민주항쟁 구호대책비 1천만 원 전달.
- 15시 00분: 제3차 민주수호 범시민 궐기대회 개최.
- 17시 00분: 재야 민주인사들, 김성용 신부의 4개항 수습안에 대해 만장일치 채택.
- 21시 10분: 학생수습대책위원들, 범죄 발생 예방과 식량 공급 청소 문제 등 논의.

5월 26일 월요일

김성용 신부를 비롯한 시민 대표들이 재진입하는 계엄군의 탱크를 막아섬. 시민군을 설득하기 위한 협상시간 요구로 계엄군 진군 멈춤.

- 05시 20분: 계엄군, 화정동 쪽에서 농촌진흥원 앞까지 진출.
- 08시 00분: 시민수습대책위원들, 계엄군의 시내 진입 저지를 위해 농성동에서 죽음의 행진 감행.
- 10시 00분: 제4차 민주수호 범시민 궐기대회 개최.
- 14시 00분: 학생수습위원회, 광주시장에게 생필품 보급 등 8개항 요구.
- 15시 00분: 제5차 민주수호 범시민 궐기대회 개최.
- 17시 00분: 학생수습위원회 대변인 외신기자들에게 광주 상황 브리핑.

- 19시 10분: 시민군, "계엄군이 오늘 밤 침공할 가능성이 크다"라고 공식 발표. 어린 학생과 여성들을 귀가 조치.
- 24시 00분: 시내전화 일제히 두절됨.

5월 27일 화요일

- 02시 00분: 계엄군의 광주시 진입.
- 03시 00분: 탱크를 앞세운 계엄군 시내로 진입하기 시작함. "계엄군이 쳐들어옵니다. 시민 여러분, 우리를 도와주십시오"라는 여성의 애절한 시내 가두방송.
- 04시 00분: 도청 주변 완전 포위, 금남로에서 시가전 전개.
- 04시 10분: 계엄군 특공대, 도청 안에 있던 시민군에게 사격.
- 05시 00분: 시민군 생존자들 자진해서 자수. 자수 과정에서 간첩으로 의심되는 사람 3명을 시민군이 자진해서 체포해 계엄군과 경찰에게 넘겼음.
- 05시 10분: 계엄군, 도청을 비롯한 시내 전역을 장악하고 진압 작전 종료.
- 06시 00분: 계엄군, 시민들에게 거리로 나오지 말라고 무선 방송.
- 07시 00분: 공수부대, 20사단 병력에게 도청 인계.
- 08시 50분: 시내전화 통화 재개.

6. 피해

① 피해 규모

5·18광주민주화운동으로 인한 사망자 및 행방불명자는 약 200여 명이고 부상자 등 피해자는 약 4,300여 명이다. 광주광역시가 2009년에 5·18광주민주화운동 29주년을 맞아 당시 목숨을 잃거나 다친 사람을 집계한 결과, 사망자가 163명, 행방불명자가 166명, 부상 뒤 숨진 사람이 101명, 부상자가 3,139명, 구속 및 구금 등의 기타 피해자 1,589명, 아직 연고가 확인되지 않아 묘비명도 없이 묻혀 있는 희생자 5명 등 총 5,189명으로 확인됐다. 이 통계 중 사망자 163명은 유족이 보상금을 수령한 사망자 수이다. 확실하게 신원이 밝혀졌지만, 보상금을 수령받지 않은 사람을 포함하면 사망자는 165명 이상으로 늘어난다. 검찰은 1994년에 사상자 수를 발표했지만, 최초 발포 명령자와 암매장 장소와 같은 핵심 쟁점이 밝혀지지 않으면서, 5·18이 발생한 지 한 세대가 지나도록 이 문제는 미완의 과제로 남아 있다. 5·18민주화운동 관련 보상자 통계를 보면, 사망자 240명, 행방불명자 409명, 상이 2,052명 등 총 7,716명이 보상금을 신청했으며, 이 중 인정된 보상자는 사망자 154명, 행방불명자 70명, 상이 1,628명 등 총 5,060명이다. 보상금 수령자 총 5,060명 중 중복 지급자 698명을 제외할 경우, 보상금 수령자는 4,362명이다.

* 희생자(사망자) 연령별/직업별 현황

연령별 사망자		직업별 사망자	
연령	희생자	직업	희생자
14세 이하	8명	학생	27명
15~19세	36명	자영업	21명
20대	73명	회사원	14명
30대	26명	방위병	2명
40대	9명	공무원	2명
50대	6명	운전자	11명
60대	4명	직공	34명
확인 불가	1명	무직	34명
계	163명	계	145명

진압군 부대 지휘관들은 1988년 광주 청문회 당시에 암매장이 없었다고 진술한 것과 다르게, 진압에 참가했던 공수부대원으로 말미암아 2001년 당시에 공수부대원이 비무장 민간인을 사살, 암매장했다는 양심선언이 발표됐다. 5·18광주민주화운동 진압경찰 및 군인 중 사망자는 경찰 4명, 군인 22명으로, 이들은 1980년 6월 21일 자 국립서울현충원에 안장됐다.

1988년 7월, 국회 5·18민주화운동 진상조사 특별위원회에 제출된 국방부 답변 자료에서 확인된 바에 따르면, 당시 민간인 사망자 가운데 14세 이하의 어린이가 8명에 달했다. 이 가운데 나이 가장 어린 사망자는 4세가량의 남자 어린이로서 1980년 5월 27일 자로 목에 관통상을 입어 숨졌으며, 신원은 밝혀지지 않았다. 이에 따라 당시에 계엄군이 어린이들에게까지 총을 겨눴다는 사실이 드러나, 5·18 유족회 측이 학살자들에게 단호한 처벌을 해야 한다고 주장했다.

5·18 민주 유공자 유족회와 부상자회, 5·18 기념재단 등 4개 단체가 공식 발표한 통계자료에 따르면, 5·18 사망자는 모두 606명으로, 이 가운데 165명은 항쟁 당시에 숨졌고, 행방불명이 65명, 상이 후 사망 추정자는 376명 등이다.

1980년대 중반에는 공수부대의 잔혹한 진압과 무차별적인 연행으로 인해 사망자가 2천여 명에 달할 수 있다는 주장도 나왔다. 실제로 5·18 종료 직후에 정부에 신고된 사망 추정자, 실종 추정자는 2천여 명에 달했고, 일부 학생운동권이 이를 인용한 주장을 제기했다. 이에 국방부에서는 1985년에 1980년 당시의 사망자 및 실종자로 신고된 인원은 2천 명이 맞는다면서, 그중에는 체포 구금된 자, 사망자, 부상 입원자, 피신자도 포함돼 있어, 이들 인원이 사망자로 잘못 전파된 것이라고 답했다.

5·18민주화운동을 경험한 이들 가운데 상당수가 아직도 외상 후 스트레스 장애(PTSD)를 앓고 있다. 연구진은 5·18 유공자 중 부상자와 구속자는 정당한 이유 없이 신체적, 정신적 상해를 입은 성폭행 피해자나 난민, 고문피해자 등 인권 유린 피해자와 유사한 경험을 한 까닭에 상당수가 PTSD 증상을 호소하는 것으로 보인다고 설명했다. 연구를 진행한 오수성 전남대 교수는 "5·18 체험자들은 지금도 만성적인 외상 후 스트레스 장애로 고통받고 있다. 당시 충격을 현실처럼 생생하게 기억하고 재경험하면서, 우울증, 불안장애, 알코올중독을 함께 보이고 있다"라고 설명했다. 또한 이들은 당시의 기억으로 인해 현재도 반복되는 불면과 악몽에 시달리며 고통받고 있다. 2007년 8월 기준, 5·18 피해자로서 사망한 376명 가운데 39명이 자살로 삶을 마감했다. 5·18 피해자의 자살률은 10.4%로 일반인의 약 500배에 달한다.

② 연행자 고문 피해

5·18에서 3천여 명에 달하는 수많은 시민이 계엄군으로 말미암아 폭행 당하고 트럭에 실려 광주교도소와 상무대에 연행됐다. 연행자는 영창으로 넘겨지기 전에 보안대에서 온갖 고문을 당했다. 5·18과 사실상 연관이 없는 김대중과 관련하여 내란음모 조작이라는 각본 수사가 이루어졌다. 김대중에게서 자금을 얼마 받았느냐는 허위자백을 강요하며, 잔인한 고문, 구타, 심지어 같은 동료끼리 때리게 하는 비인격적 모독 등 이루 헤아릴 수 없는 폭거를 자행했다. 고문이나 구타를 당한 사람들은 석방이 된 뒤에도 오랜 시일 동안에 후유증에 시달려 정상적인 생활을 못 했고, 정신질환을 앓다가 사망했다. 이들은 풀려난 뒤에도 엄청난 공포와 피해의식에 사로잡혀 숨죽이며 살아야 했다.

정동년은 "보안대 조사관들이 잠을 재우지 않고 조사를 하면서 무릎 사이에 곤봉을 끼우고 밟고 군홧발로 짓이기는 등의 고문을 자행했다"라고 그 당시를 회상했다. 또한 그는 "경찰이나 중앙정보부처럼 기술적인 고문을 하지는 않았지만 보안대 조사관들이 김대중 내란 음모 사건 연루 사실을 조작하기 위해 무지막지한 고문을 했다"라며 "지금도 그 때를 생각하면 치가 떨린다"라고 말했다.

한국인권의료복지센터 부설 '고문 정치폭력 피해자를 돕는 모임'은 1980년 5·18 당시에 연행됐었거나 구금됐던 피해자가 1인당 평균 9.5회의 고문을 경험했다는 조사 결과를 발표했다. 이 중 물고문, 매달기, 구타, 비생리적 자세 강요, 강제 급식, 밥 굶기기, 의료 기회 박탈 등 신체적 고문이 62%를 차지했다. 수면 박탈, 복종 강요, 지각 박탈(암실 가두기) 등 심리적 고문은 38%를 차지했다.

연행자는 '워커발로 얼굴 문질러버리기', '눈동자를 움직이면 담뱃불로 얼굴이나 눈알을 지지는 '재떨이 만들기', '발가락을 대검 날로 찍는

'닭발요리', '사람이 가득 찬 트럭 속에 최루탄 분말 뿌리기', '두 사람을 마주보게 하고 몽둥이로 가슴 때리게 하기', '며칠째 물 한 모금 못 먹어 탈진한 사람에게 자기 오줌 싸서 먹이기', '화장실까지 포복해서 혀끝에 똥 묻혀오게 하기', '송곳으로 맨살 후벼파기', '대검으로 맨살 포 뜨기', '손톱 밑으로 송곳 밀어넣기' 등 차마 입에 올리기조차 끔찍한 고문을 받았다.

피해자들의 55.8%가 외상 후 스트레스 장애를 경험하고 있으며, 자살자 비율은 10.4%인 것으로 확인되었다.

7. 영향과 평가

광주민주화운동은 끝내 전두환 정권으로 말미암아 진압당했지만, 1980년대 이후의 민주화 운동(1987년 6월 민주항쟁 등)에 큰 영향을 미쳤다. 미국이 전두환 정권의 광주민주화운동 탄압을 알면서도 묵인했다는 인식이 널리 퍼지면서 미국을 한국전쟁 때 같이 싸운 혈맹관계로 이해하던 종래의 대미관과 한미관계에 대한 인식도 당시 운동권을 중심으로 재고됐다.

계엄사령부는 1980년 7월 4일에 김대중 내란음모사건을 발표했다. 서울의 학생시위와 광주민주화운동을 김대중을 비롯한 민주화 운동가 20여 명이 조종했다는 명목으로 김대중과 민주 운동가들을 군사재판에 회부한 사건이다. 이는 후에 신군부가 조작한 것으로 밝혀졌다. 이 사건으로 인해 김대중 등은 사형 선고를 받았지만 미국의 강력한 사면 요청에 따라 감형됐다.

전두환 정권은 광주민주화운동을 김대중의 사주에 의해 발생한 소요

사태로 조작했다. 하지만 1988년에 5공 청문회를 거치고 국회에서 1995년 12월 21일에 광주민주화운동으로 규정해, 계엄군의 진압 과정에서 죽거나 부상당한 광주민주화운동 관련자들에 대한 명예회복 및 피해 배상을 위한 5·18민주화운동등에관한특별법(1995. 12. 21.)과 5·18광주민주화운동 관련자 보상 등에 관한 법률(1997. 12. 17.)이 제정되면서 전두환 정권의 비(非)주성과 폭력에 맞서 싸운 민주화 운동으로 다시 평가받았다. 광주 시민들을 학살한 광주학살 책임자들은 서훈이 취소됐으며 그 자격도 박탈됐다. 이 사건의 핵심 관련자인 전두환, 노태우는 1997년에 대법원으로부터 징역형과 2천억 원이 넘는 추징금을 선고받았다. 2018년 7월 10일, 행정안전부는 '부적절한 서훈 취소(안)'을 심의·의결하여 5·18 진압 관련자에게 수여된 대통령 표창 5개와 국무총리 표창 4개를 취소하였다. 과거 5·18민주화운동 등에 관한 특별법이 통과되면서 훈·포장 68점은 모두 취소되었지만, 표창은 관련법이 없어서 대통령령인 '정부표창규정'의 개정을 통해 취소 근거를 마련하였다.

8. 의의 및 교훈

광주민주화운동은 대한민국 민주주의 발전에 결정적 계기가 됐다. 광주 민주화 운동은 민주주의를 향한 시민과 민중의 의지를 대내외에 드러내었고 반민주, 군사 독재의 야만성을 세계에 폭로함으로써 군사 독재체제의 입지를 크게 약화시켰으며, 민주주의를 향한 민중들의 항쟁의지를 보여준 사건이었으며, 1987년 6월 항쟁의 기폭제가 됐다.

광주민주화운동은 민주주의를 향한 투쟁이 한 지역에 머물지 않고 전국적 저항과 연대로 이어질 때 비로소 좋은 성과를 낼 수 있다는 뼈아픈

교훈을 남기기도 했다.

광주민주화운동은 다른 국가의 민주화 운동에도 영향을 끼쳤다는 평가를 받고 있다. 유네스코는 광주민주항쟁은 1980년대 대한민국뿐만 아니라 필리핀, 타이, 중국, 베트남 등 아시아 등지에서 일어난 여러 민주화 운동에 영향을 끼쳤다고 평가했다.

한강, 소년이 온다 깊게 읽기

초판 1쇄 펴낸 날 2024년 12월 18일

지은이   박숙자, 정미숙, 정현주 지음
펴낸이   장영재
펴낸곳   (주)미르북컴퍼니
자회사   더스토리
전 화   02)3141-4421
팩 스   0505-333-4428
등 록   2012년 3월 16일(제313-2012-81호)
주 소   서울시 마포구 성미산로32길 12, 2층 (우 03983)
E-mail   sanhonjinju@naver.com
카 페   cafe.naver.com/mirbookcompany
S N S   instagram.com/mirbooks